이번 생은
교사로 행복하게

이번 생은 교사로 행복하게

초 판 1쇄 2023년 12월 21일

지은이 한민수
펴낸이 류종렬

펴낸곳 미다스북스
본부장 임종익
편집장 이다경
책임진행 김가영, 박유진, 윤가희, 이예나, 안채원, 김요섭, 임인영

등록 2001년 3월 21일 제2001-000040호
주소 서울시 마포구 양화로 133 서교타워 711호
전화 02) 322-7802~3
팩스 02) 6007-1845
블로그 http://blog.naver.com/midasbooks
전자주소 midasbooks@hanmail.net
페이스북 https://www.facebook.com/midasbooks425
인스타그램 https://www.instagram/midasbooks

© 한민수, 미다스북스 2023, *Printed in Korea.*

ISBN 979-11-6910-424-1 03810

값 17,500원

미다스북스는 다음세대에게 필요한 지혜와 교양을 생각합니다.

힘들 때 꺼내 읽는 유쾌한 교사의 한해살이

이번 생은
교사로 행복하게

한민수 지음

미다스북스

나는 2002년 경기도의 어느 농어촌 고등학교에 발령받아 교직을 시작했다. 월드컵 축구 경기를 아이들과 함께 보며 "대~한민국!"을 외치는 순간은 짜릿했으나, 교사의 삶은 생각보다 빡셌다.

학교에서 당장 도망치고 싶은, 내일 아침에 도저히 출근하지 못할 것 같은 예감이 드는 순간이 많았다. 30대 후반이었지만 신설 고등학교에서 고3 담임을 연속으로 맡고 있을 때는 이런 상태였다.

한마디 할 힘도 없다.

정규 수업 4시간과 보충수업 두 시간.

한숨 돌리면 어느새 저녁 6시

어떤 날은 급식 지도로 보초를 서다 저녁도 못 먹고

7시부터 별로 특별하지도, 깊지도 못 한

특별보충과 심화보충을 100분 한다. 아니 해치운다.

아이들은 밥 먹고 트림하고 화장실 가고

엎드려 자는 시간만 빼고

12시간 수업을 듣는다. 듣기만 한다.

수업 준비하느라 책상에 코 박고 살다가 담임 반 아이들이 찾아와도
"야자 빠진다고? 안 돼!", "학원 보충이 있다고? 알겠어!"
용건만 간단히, 아이들과 눈을 마주칠 여유도
도서관에서 빌린 시집 한 줄 읽을 여유도 없고
뭐라 한마디 할 힘도 없다.

그래도 수업을 운동 삼아, 업무를 극기 훈련 삼아 교직 생활 첫 10년을 버텼다. 그러나 나에게는 탈출구가 필요했다. 인간 녹음기가 되어 똑같은 말을 재생하는 수업의 방에서 탈출하고 싶었다. 정신없이 바쁘게 살아도 아이들에 대한 애정이 미움으로 바뀌게 되는 이상한 담임의 방에서도 벗어나고 싶었다.

2010년 가을, 우연히 〈학교란 무엇인가〉라는 다큐멘터리를 보며 혁신학교를 알게 되었고 무엇에 홀린 듯 겁도 없이 영상 속 그 학교에 자원했다. 그렇게 2011년부터 흥덕고등학교에서 5년을 보냈고 새로 개교한 혁신학교인 용인삼계고등학교로 옮겨 4년을 더 보냈다. 2020년에는 흥덕고등학교로 돌아와 다시 근무하게 되었다.

교직 생활을 통해 얻은 깨달음을 찰리 채플린의 명언을 빌려 말해보면 '학교는 멀리서 보면 비극이지만 가까이서 보면 희극이다.'라는 것이다. 교단에 서서 아이들을 '멀리서' 내려다보며 가르쳤던 첫 10년은 대체로

비극이었다. 혁신학교가 처음 생기고 교실에서 교단이 철거될 무렵, 나는 아이들을 내려다보면서 째려보고 미워하는 일을 그만두고 싶었다.

혁신학교로 오고부터는 마음속에 버티고 있던 마지막 교단에서 내려와 아이들을 '가까이서' 보게 되었다. 모둠활동을 할 때 책상 옆으로 다가가니 아이들이 재잘거리는 소리가 들렸고, 아이들의 미세한 표정과 몸짓의 변화까지 또렷하게 보였다. 모르는 것이 많은 아이가 더 귀엽게 보였고, 살짝 조는 아이를 봐도 한숨 대신에 미소가 먼저 번졌다. 오감을 열고 다시 만난 학교는 그야말로 희극이었다.

'진짜' 동료 교사와의 만남도 큰 즐거움이었다. 한 달에 한 번 이상 모여서 서로의 안부를 묻고 진솔한 고민을 나누면서 때로는 함께 웃고 때로는 눈물을 닦아 주었다. 학교 밖에서도 배움의 공동체 연구회, 참여소통교육모임 등으로 수업의 고수, 소통의 달인을 찾아다니며 배웠다.

이렇게 2022년까지 21년 동안 쉬지 않고 담임교사로 12년, 부장교사로 9년을 보냈다. 누가 장래 희망을 물어보면 농담 반 진담 반으로 '비담임'이라고 대답하기도 했지만, 신기하게도 다음 날 출근이 두렵지 않고 가끔은 다음 수업 시간을 기다리기는 교사로 변했다. 원래 근거 없는 낙관주의자였던 나는 희망의 근거도 찾게 되었다. 어느 순간부터는 아이들이 "민수샘!" 하고 달려와 애교를 부렸고, 주위의 선생님들은 힘들어도 유쾌하게 웃는 '무한긍정 민수샘'이라고 불러 주었다.

하지만 세상 사람들이 밖에서 바라보는 학교의 모습, 교실에 벌어지는 일들은 여전히 비극적이다. 멀리서 보고 너무 쉽게 말하는 탓에 어느새 교사들은 상처받는 일에 익숙해졌다. 이것만 있으면 수업이나 생활교육이 잘될 것이라는 확신을 지니고 노력했던 선생님이 얼마 지나지 않아 불신과 냉소의 담장 안으로 숨어 버리는 안타까운 모습도 많이 보았다.

아직 미완성이고 진행형이지만, 교사로서 자주 행복해지는 길은 계속 성찰하며 소통하는 것밖에는 없다고 믿는다. 이 책은 그런 믿음으로 농사를 짓듯이 학교에서 소소한 행복을 수확했던 이야기이고, 2월부터 다음 해 1월까지 시기마다 교사에게 필요한 고민과 실천을 제안하는 글이다. 동시에 부족함이 많았던 나에게 사랑과 용기를 주었던 선생님, 그리고 아이들과 함께 만들어 간 유쾌한 감동이 있는 학교의 사계절, 한해살이에 관한 기록이다.

이 책의 소박한 기록들이 같은 길을 걸어왔고, 계속 걸어갈 동료 선생님들에게 따뜻한 위안을 주고 설렘이 되길 바란다. 힘들 때마다 이 책을 꺼내 읽으며 "이번 생은 교사로 살아서 그래도 괜찮았다. 행복했다."라는 말을 자신에게 선물하면 정말 좋겠다. 그리고 진정한 배움을 꿈꾸는 미래의 교사에게, 학교 교육에 관심이 많은 학부모님과 어른들에게도 희망을 전하는 이야기가 되길 바란다.

– 2023년 12월 민수샘

차 례

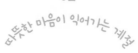

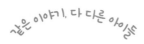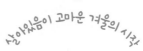

2월

슬기로운 헤어짐과 만남

새롭게 만나는 사람들이 기대하는 것보다

살짝 더 넘치게 준비하는

유쾌한 작전을 세워보는 것을 추천한다.

그러면 오히려 3월이 '어서 왔으면' 하고

기다리는 교사가 되지 않을까?

교사, 나를 이해하는 것이 먼저다

모든 교사의 2월은 불안으로 시작해서 분주함으로 끝난다. 학교를 옮기는 교사의 불안은 더욱 심하다. 옮기지 않더라도 몇 학년 수업을 맡게 될지, 어떤 업무를 하며 어떤 선생님들과 한 교무실에서 생활하게 될지 떨리고 걱정이 많다. 그러다가 업무분장 발표가 나면 그때부터 '달리기'가 시작된다. 교사에게 2월은 뭘 열심히 준비해도 불안하고 쉬어도 편하지 않은 그런 시기이다.

경력이 쌓여가도 여유가 없는 것은 마찬가지이다. 지역과 학교마다 지향하는 목표나 분위기가 다르고, 같은 교무실에 근무하는 선생님들의 교육관과 일하는 스타일도 달라서 다들 물 위에서 헤엄치는 오리 같은 모습이 된다. 그대로 따라 할 매뉴얼도 의미가 없고 롤모델을 찾기도 힘들다.

그래서 2월의 교사는 자신을 이해하기 위한 시간이 꼭 필요하다. 수업과 학급 운영의 목표를 세우기 위해서 자기 내면을 들여다보는 몇 가지 질문을 던지고 답해 보는 '천천히 걷기' 시간이다.

나 역시 매년 중요하게 생각하는 것이 조금씩 변하고, 학교에서 만나는 동료와 아이들이 달라지니까 2월이 되면 무엇을 하든 안 하든 괜히 초조해졌다. 그래서 몇 년 전부터는 3월이 되기 전에 질문 몇 가지를 펼쳐 놓고, 나름대로 답을 적어 보려고 노력했다. 가장 좋아하는 커피나 차 한 잔과 함께라면 더 좋다.

- 나는 내가 만나는 아이들이 어떤 사람으로 성장하길 바라는가?
- 나는 수업과 학급 운영을 통해 어떤 가치를 추구하고 싶은가?
- 내가 교사로서 가장 잘할 수 있는 것은 무엇이고 할 수 없는 것은 무엇인가?

매해 이런 시간을 갖는 것은 새로운 아이들과 동료 교사를 만나기 전에 스스로 중심을 잡기 위해서이다. 중심이 없이 '무엇'을 '어떻게'만 치중하면 기법, 재미, 효율성을 추구하다 정보의 바다에 빠져서 갈팡질팡하기 쉽다. 작은 것에 일희일비하다가 쉽게 지치게 되면서 학년 초에 마음먹었던 것들을 포기하게 된다.

그래서 수업이나 학급 운영은 물론이고 담당 업무까지도 '내가 이것을 왜 하고, 누구와 해야 하는지'에 대한 큰 방향을 정하는 것이 먼저다. 교육철학은 흔들리는 중심을 잡아주고, 교육 주체에 대한 고민은 혼자 애쓰다가 상처받아 포기하게 되는 것을 막아준다. 거창하지 않더라도, 조금은 오글거리더라도 철학이 있으면 힘들어도 자신을 다독일 수 있고 동료나 학생들을 믿고 의지하며 앞으로 나갈 수 있다.

'무엇을 어떻게'는 3월부터 차근차근 찾아가면 된다. 수업이나 학급 운영이 처음에는 서툴고 허술해도, 교사의 철학이 바로 서면 서서히 학생들의 눈빛이 달라지고 조금씩 좋은 쪽으로 변화하는 학생들이 늘어나게 된다. '교사가 중요시하는 것은 어떻게든 학생들에게 묻어난다.'라는 말을 마음속에 새기면 좋겠다.

예를 들어 올해 담임을 맡게 되었다면 '참여와 소통의 즐거움 속에서 자존감을 키우기'를 가장 중요한 가치로 삼고 '1년 동안 꾸준하게 학급 일기 쓰기'를 중심으로 학급을 운영할 수 있다. 3월 2일에 교사도 지키기 힘든 여러 가지 약속을 아이들 앞에서 쏟아내는 것보다 학급 일기로 쓸 두 권의 노트를 보여주며 담임교사로서 자신의 올해 소망과 목표를 간단하게 말하면 어떨까? 아이들은 '우리 담임쌤이 이런 분이구나.' 하고 알아채고, 선생님이 그랬던 것처럼 자신에게 의미 있는 질문을 던지며 3월을 시작할 수 있다.

매년 새로운 사람들을 만난다는 설렘

2월 초가 되면 입학을 앞둔 예비 고1 학생의 예비 소집이 있다. 몇 해 전에는 한 학급의 임시 담임을 맡았는데, 큰아이와 같은 해에 태어난 아이들을 교사와 학생으로 처음 만나게 되었다. 학업 적성 진단고사 감독도 하고 가정통신문을 걷고 교과서도 나눠주면서 두 시간 정도 아이들을 찬찬히 살펴본 것뿐인데, 어떤 아이를 봐도 귀엽고 누가 불쑥 "아빠!" 하고 불러도 "어, 왜?" 하고 나도 모르게 돌아볼 것 같았다.

예비 소집이 끝나고 교실 정리를 도와준 학생 세 명에게 사탕을 줬더니 "감사합니다. 선생님께서 담임이 되면 좋겠어요." 하고 웃으며 돌아선다. 기분 좋아지라고 한 말인 걸 알지만, 이 아이들을 가르치고 싶다는 생각이 들었다. 나도 어쩔 수 없이 '금방 사랑에 빠지는(금사빠)' 족속인 것 같다. 곧 입학할 풋풋한 새내기들을 보니 가슴이 다시 동당거렸다.

그리고 2월 중순에는 학교에서 새 학년을 준비하는 교직원 워크숍이 있다. 혁신부장을 계속 맡으면서 '새로운 가족이 되는 선생님들을 어떻게 환영할까?' 하는 즐거운 고민을 하게 된다. 그 결과 가장 품이 적게 들면서도 만족도가 높은 방법을 찾게 되었다. 바로 '드라이플라워 엽서 전달식'이다.

처음에는 드라이플라워 엽서를 주문해서 전입 교사에게 환영 문구를 똑같이 적어 선물로 드렸다. 그다음 해에는 조금 업그레이드해서, 드라이플라워 엽서에 한 명 한 명의 이름과 환영하는 인사말을 모두 다르게 적어서 드렸다.

그런데 새 학년 업무분장 발표 전이라 담당 부장인 나 혼자 환영 카드의 문구를 다 적으려니까 머리가 아프기도 했다. 그래서 다른 선생님들께 환영 문구 창작을 부탁했고, 같은 교과의 선생님들이 새로 오시는 선생님들의 이름을 한 명씩 맡아서 삼행시를 지어 선물했다. 아직 만나기 전이지만, 전입 교사의 이름에 환대하는 마음을 담아 창작한 삼행시를 발표하고 전달하니까 환영식이 더 재미있고 훈훈했다. 그리고 전입 교사들은 답례의 의미로 학교 이름으로 무려 오행시를 지어 발표했다. 짧은 시간이었지만 재치와 진심이 빛나는 작품이 탄생했다.

자신의 이름이 적힌 엽서를 선물로 받은 선생님들은 워크숍 첫날부터 새로운 학교에 소속감을 느끼게 되었다고 소감을 말했다. 그리고 교무실에 가서 자신의 책상 위에 엽서를 올려놓고 흐뭇하게 바라보는 분들이 많았다. 봄꽃처럼 오신 선생님들의 얼굴에 웃음꽃이 피어났다.

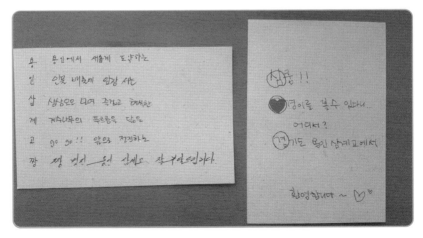

이번 생은 교사로 행복하게

학교에서 형식적인 전입 교사 소개 시간과 인사말, 지루한 입학식, 엄숙한 첫 수업과 담임 시간보다는 기대하지 않았던 환대와 그 속에 담긴 따뜻한 마음이 공동체의 새로운 식구들에게 전달되면 좋겠다. 어떤 조직의 구성원이 되는 금속성의 차가운 느낌보다 살아있는 공동체의 넓은 품에서는 느낄 수 있는 온기가 새 출발에 큰 힘을 보탤 수 있다.

2월을 보내는 교사에게 다가오는 3월이 스트레스와 두려움의 대상이 되지 않으려면, 새롭게 만나는 사람들이 기대하는 것보다 살짝 더 넘치게 준비하는 유쾌한 작전을 세워보자. 그러면 오히려 3월이 '어서 왔으면' 하고 기다리는 교사가 되지 않을까?

아름다운 이별은 가장 아름다운 순간이다

매년 2월 말이면 학교마다 환송회를 한다. 가장 기억에 남는 환송회는 내가 예상한 대로 흘러가지 않은 환송회였다. 지금까지 이런 환송회는 없었기 때문이다.

상조회에서 준비한 전별금과 함께 떠나는 13분의 선생님들에게 드라이플라워 엽서에 아쉬움과 고마운 마음을 담아 전해드렸다. 전입 교사 환영회와 마찬가지로 전출 교사 환송회 때 선물로 받은 엽서가 새로운 학교에 가서도 선생님들의 책상 위에서 그분들의 마음을 훈훈하게 데워주길 바랐다. 낯선 학교, 새로운 자리에서 조금은 불안한 마음을 달래주고 힘들 때면 작은 위로가 되어주기를 바라는 마음을 담았다.

환송회가 무르익자 부서나 교과, 학년별로 떠나는 선생님들 주변에 모여 이야기를 나누었는데 한 명 두 명, 여자 선생님들이 눈물을 훔치는 것이 눈에 띄었다. 떠나는 분들의 표정은 대체로 밝았지만, 보내는 선생님들은 전염이라도 된 듯 여기저기서 울먹였다. 개교 5년 차가 되어 떠나는 분들이 많은 것은 다른 학교도 마찬가지일 텐데 유독 슬픈 환송회가 되고 말았다. 같은 교과 4명의 선배 교사를 떠나보내는 신규 3년 차 수학 선생님은 한 시간 이상을 계속 훌쩍이더니 통곡하기도 했고, 학교 사정으로 아쉽게 떠나는 기간제 선생님의 손을 꼭 잡고 눈물을 닦는 선생님도 많았다.

전문적 학습공동체를 함께 하며 독서토론도 하고 MT도 갔던 국어와 한문과도 두 분의 선생님이 떠나시고 한 분이 휴직하게 되었다. 둥글게 모여 앉아 남아 있는 선생님들이 준비한 선물을 가시는 분께 드리고 기념사진을 찍었다. 카톡방에서 나가지 말고 번개 모임을 하면 꼭 나오라는 부탁도 했다.

집으로 돌아오며 선생님들이 흘린 눈물의 의미를 생각해 봤다. '오늘 왜 그렇게 많이 우셨을까?' 생각하다 보니, 〈국경

없는 포장마차〉라는 TV 프로그램에서 본 덴마크 사람들의 '휘게' 문화가 떠올랐다.

휘게는 소박하고 여유로운 시간과 일상 속의 소소한 즐거움이나 안락한 환경에서 오는 행복을 뜻한다. 빈부격차가 거의 없는 평등한 사회에서 큰 걱정 없이 살면서 학교나 직장, 가정에서 틈틈이 차와 음식을 나누며 노래 부르고, 깨끗한 자연환경 속에서 운동하고 힐링하는 것이 덴마크를 행복지수 1위의 나라로 만들었다고 한다. 또 협동조합, 노동조합, 지역 커뮤니티 등 공동체가 살아있고 다양한 평생교육기관에서 자신을 성찰하며 배움을 멈추지 않는 것도 행복의 비결이라고 한다.

고등학교에 진학하기 전 1~2년간 머물며 자유롭게 자신과 세계를 탐구하는 기숙형 학교인 애프터스콜레를 다룬 다큐멘터리에서 인상적인 장면이 있다. 아침에 일어난 아이들과 선생님들이 한자리에 모여 인사를 나누고 노래를 함께 부르며 하루를 시작하는 모습이었다. 휘게와 배움, 배움과 휘게가 어울려 피어나는 아름다운 풍경화 같은 그림이었다.

용인삼계고 선생님들도 교과별로는 일주일에 한 번씩 공강 시간을 맞춰서 차를 마시며 수업 이야기도 나누고 학기 말에는 1박2일 워크숍도 같이 가면서 휘게를 느꼈다. 학년별로는 같은 교무실에서 힘든 일이든 좋은 일이든 함께 수다를 떨며 옆자리 선생님에게 공감과 지혜를 나눠주었다. 아침에 컵라면을 같이 먹고 계절마다 미니 체육대회도 하면서 배움과 휘게를 즐겼다. 일과 후에 운동, 독서, 문화생활을 함께하는 교사 동아리도 활발해서 대학을 다시 다니는 기분이라고 말하는 분도 있었다.

떠나는 분들은 신설 학교에서 고생을 많이 해서 시원섭섭했겠지만, 보내는 선생님들은 그분들을 보며 더 이상 소소한 행복을 함께 나눌 수 없다는 생각에 눈물샘이 터지지 않았을까 짐작해 보았다.

이별이 아름다운 이유는 인간이라면 누구나 피할 수 없는 숙명이기 때문이다. 이별의 순간을 아름답게 맞이하기 위해 지금 만나는 사람들과 더 많이 배우고 차분하게 소통하며 휘게를 즐기고 싶다.

새로운 한 해를 시작하는 나 역시 수업에서 만나는 아이들과 교무실에서 만나는 선생님들과 더 많은 휘게를 즐기고 싶어졌다. 그렇게 다시 한 해를 보내고 학교를 떠나게 된다면 한두 명이라도 내 손을 잡고 눈물을 흘리는 모습을 보고 싶은 욕심도 생겼다. 아름다운 첫 만남의 순간도 기억이 오래 남겠지만, 아쉬움과 미안함과 고마움이 뭉쳐서 은은하게 빛나는 이별이야말로 삶에서 가장 아름다운 순간이 될 테니까….

3월

선물상자를 여는 마음으로

따박따박 월급이 들어오는 기쁨보다

또박또박 배움을 나눠주는 기쁨에

수줍게 웃고 싶다.

다시 3월에 아이들을 만나며

어느 해 2월 말, 문득 나의 교직 생활을 돌아보니 지나온 시간보다 앞으로 남은 시간이 더 적다는 것을 알게 되었다. 그래서 더 힘들어지는 때도 많겠지만, 매해 새로운 아이들을 만날 기회를 준 학교에 감사할 뿐이다. 그래서 교실에서 나를 기다리고 있을 아이들이 선물처럼 느껴졌다. 한 해 한 해 얼굴에 주름이 늘고 머리카락은 희끗희끗해지겠지만, '새롭게 만나는 아이들이 사실은 다 착한 아이들일 거야.'라고 상상하며 걱정은 접고 가슴을 펴고 설레는 눈빛으로 출근하고 싶다.

그런 마음으로, 3월 첫 수업 시간에 아이들에게 전하고 싶은 마음을 글로 적었다. 조금 부끄럽지만, 매년 얼굴에 철판을 깔고 아이들에게 읽어 줘야겠다.

살아온 날보다 살아갈 날들이 적다고 느낄 때

아침의 햇살 한 줌도 소중해진다.

교사로 살아온 날보다 살아갈 날들이 적게 남았다고 느낄 때

3월 첫 출근길에 만나는

아이들 한 명 한 명이 귀해 보인다.

좋은 수업이 어떤 것인지 알 것 같은데

따라가지 못하는 실천 앞에서 화끈거리는 때가 많지만

따박따박 월급이 들어오는 기쁨보다

또박또박 배움을 나눠주는 기쁨에 수줍게 웃고 싶다.

3월에 돋아난 새싹 같은 아이들이 기다리는 교실의 문을

선물상자를 여는 마음으로 힘차게 당기고 싶다.

짝사랑, 너라는 숙명

교사에게 새 학년이 시작되는 날은 항상 기억에 남지만, 그해 3월 2일은 더 특별했다. 작년까지 2년간 국어 시간에 만났던 아이들을 복도에서 만났는데 한 아이가 쪼르르 달려와 이렇게 얘기한다. "민수쌤, 저 어젯밤에 선생님과 수업하는 꿈을 꿨어요." 그러고는 알 수 없는 표정을 남기고 다시 뛰어갔다.

점심시간, 앞자리에 앉은 작년 2학년 담임 선생님 한 분이 나에게 말을 걸었다. 고3이 된 아이가 교무실에 찾아와서 이런저런 얘기를 하던 중에 "민수쌤 없는 국어 시간이 상상이 되지 않아요." 하면서 나를 그리워하더라고 덕담을 해주었다.

전에 근무했던 홍덕고로 돌아갈까 말까 고민했는데, 남기로 한 이유 중의 하나가 2년간 가르친 아이들을 고3 때도 만나고 싶은 마음 때문이었다. 그동안 아이들과 함께했던 글쓰기를 잘 살려서 자기소개서 쓰기도 도와주고 싶고, 각자 자기의 갈 길을 찾아 떠나는 모습을 졸업식 때 보면서 남몰래 뭉클해지고 싶다는 낭만적인 상상도 했다. 아쉽게도 3학년을 맡지 못했지만, 나를 떠올려 준 아이들이 몇 명은 있는 것 같아 기뻤다.

물론 대부분 아이는 복도에서 내가 먼저 반갑게 "어이! 고3, 벌써 3학년이네."라고 인사를 해도 "하하, 호호." 하고 자기 길을 가기 바쁘다. 진지하게 진로를 고민하던 아이에겐 "자소서 쓸 때 힘들면 찾아와. 샘이 도와줄게."라고 했다가 속으로 '이거 소문나서 너무 많이 찾아오면 어떡하지?'라는 괜한 걱정을 했다.

교무실에 작년 담임 선생님을 찾아와 인사하는 아이들은 있었지만, 일부러 나를 찾아오는 아이는 없어서 부럽기도 했다. '좀 더 살갑게 대할 걸.' 후회도 됐다. 종례를 마치고 아이들이 모두 돌아갈 무렵, 나도 교무실에서 나와 주차장을 향해 걸어가고 있는데 "민수쌤!" 하고 등 뒤에서 나를 부르는 소리가 들렸다. 뒤돌아보니 고3 아이들 몇 명이 걸어오고 있었다. '아, 드디어 올 것이 왔는가?' 하고 혼자 좋아했는데 "샘, 올해도 자율 동아리 맡아주실 거죠?"라고 용건만 간단히 말하고 가버려서 조금 실망스러웠다. 그래도 나를 찾아 뛰어다녔을 아이들이 귀엽게 느껴졌다.

2년 동안 국어 시간에 아이들을 만나면서 바쁘다는 핑계로 개인적인 이야기를 많이 나누지 못했고, 있는 그대로 아이들의 모습을 보고 칭찬해 주지 못한 것 같아 미안한 마음도 든다. 새롭게 만나는 아이들과 다시 짝사랑을 시작하며 교사의 숙명을 생각해 본다. 먼저 다가가도 먼저 잊히는 존재라 할지라도 아이들의 성장을 위해 어설픈 짝사랑이라도 마음껏 해보고 싶다.

3월에는 삼행시로 행복하게

전입 교사 환영식 때 삼행시를 지어 선물하듯 3월 첫 수업에서도 모둠 친구에게 삼행시 선물하기 활동을 매년 하고 있다. 이쯤 되면 어디 가서 '3행시 짓기 홍보 대사'라고 소개해도 될 것 같고 '한삼협(한국삼행시협회)'과 비슷한 단체가 있다면 공로상도 받을 만하다.

우리가 다른 사람을 처음 만날 때는 얼굴, 표정, 옷차림과 같은 감각이 주는 첫인상이 강렬하겠지만, 다른 사람이 나에게 의미를 갖게 되는 순간은 그 사람의 이름을 알고 기억하게 될 때가 아닐까? 소리 내어 그 사람의 이름을 부를 때부터 의미 있는 관계가 시작된다.

긴장감과 설렘이 교차하는 표정으로 새로운 교실에 앉아 있는 우리 아이들 역시 같은 반이 된 친구의 이름을 불러주는 것이 다른 사람을 환대하는 첫걸음이 될 것이다. 그래서 나의 첫 시간 수업 주제는 항상 '너의 이름은?'이다.

수업을 시작하면 먼저 아이들을 번호나 자리표를 기준으로 4명씩 마주 보고 앉게 하고, 남는 인원은 3명씩 모둠을 만들었다. 그다음에는 미리 준비한 캘리그라피 칭찬엽서를 한 장씩 나눠주고 뒷면에 자기 이름을 쓰게 한다. 그리고 각자 오른쪽에 앉은 친구에게 엽서를 주면, 다른 3명이 친구 이름의 한 글자씩을 맡아서 삼행시를 완성한 후 돌려주면 끝난다. 이름이 두 글자인 아이는 옆의 친구 두 명만 이행시를 창작하면 된다.

삼행시를 지을 때는 친구의 이름으로 시작하는 좋은 단어들을 최대한 많이 떠올려 보라고 했고, 대부분 처음 만난 친구이지만 무조건 칭찬하면서 용기를 주는 내용을 담아보자고 했다. 창작의 부담을 줄여주기 위해 이름의 마지막 글자를 맡은 친구가 '화룡점정'으로 잘 마무리할 테니까 그 친구를 믿고 처음에는 완벽한 문장으로 끝나지 않아도 된다는 말도 했다.

자신의 이름으로 친구들이 힘을 합쳐 지어준 삼행시를 선물로 받은 아이들은 유치원생처럼 좋아했다. 친구들의 함박웃음을 보며 뿌듯해하는 아이들도 많았다. 나도 3명인 모둠에 앉아서 삼행시 짓기를 함께 했는데 그때마다 아이들에게 근사한 선물을 받았다.

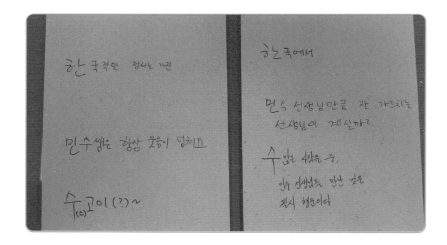

한국에서

민수 선생님만큼 잘 가르치는 선생님이 계실까?

수많은 사람 중, 민수 선생님을 만난 것은 필시 행운이다.

오늘 처음 만난 아이들이 나에게 선물해 준 삼행시를 읽으며, 아이들도 나처럼 '조건이 없는 공헌감이 주는 행복'을 느꼈을 것이라는 믿음이 생겼다.

더 많이 행복해지려면 삼행시 발표도 학급 전체가 참여하는 방식으로 진행하면 좋다. 한 명씩 일어나서 자기 이름으로 만든 삼행시를 낭송할 때, 다른 친구들이 이름 한 글자씩을 먼저 불러주게 한 것이다. 모든 학생의 발표가 끝나면 친구들이 선물해 준 삼행시 엽서를 교과서나 클리어파일에 넣어 소중히 간직하라고 부탁했다.

서로의 이름으로 삼행시를 짓고 환대하는 경험을 하면서 학급 분위기가 조금은 말랑말랑해졌다. 낯선 학생들과 새 학년 수업을 시작하는 나도 긴장감이 거의 사라져서 교실의 공기가 더 맑고 따뜻해진 느낌이 들었다. 어떤 말과 행동을 잘했을 때 하는 칭찬도 필요하지만, 내가 만나는 한 명 한 명의 존재 자체를 환대하는 마음을 잃지 말아야겠다고 다짐하게 되는 3월이다.

4월

고민이 늘어나는 것은 좋은 신호

교실에서 교사를 힘들게 하는 그 한 명 때문에

그 교실에 교사가 필요한 것이 아닐까?

수업 공개는 고민을 나눠 갖는 과정이다

내가 근무하는 학교의 3월 마지막 주는 학년 수업 공개주간이다. 학년별로 교과와 상관없이 공강 시간을 활용하여 최대 3시간 수업을 자율적으로 참관하고, 마지막 날 오후에 모여 배운 점을 서로 나누는 시간을 가진다. 모든 수업을 공개하지만 희망하는 교사는 메신저로 다른 선생님들에게 자신의 수업 고민, 공개를 희망하는 시간과 학급을 적은 '수업 초대의 글'을 보낼 수 있다.

수업 초대장 예시

작년에는 순도 100%에 가까운 강의식 수업을 했습니다. 올해는 모둠별로 교과서를 기반으로 교과 관련 사실을 탐구하고 기록하는 활동을 중심으로 수업을 디자인하여 실천하고자 합니다. 작년에 비해 성장한 아이들을 보면서 뭉클한 마음을 안고 수업하고 있지만, 여전히 수업에 참여하는 걸 어려워하는 아이들이 눈에 들어옵니다. 또한 수업 시간에 생기는 돌발 상황 등에 대해서도 나름대로 대처한다고 하지만 항상 고민이 많네요. 많은 선생님의 조언과 나눔이 필요합니다. 저는 언제든 배울 준비가 되어 있습니다. ^^

* 수업 참관 희망 학급과 교시: 1학년 1~5반 다 좋지만, 특히 1반과 4반의 수업을 참관하시고 피드백 부탁드립니다.

코로나19 이전인 2019년 3월 학년 수업 공개주간의 기록을 다시 열어서 읽어 보았다. 그해에도 나는 혁신부장을 맡고 있어서 월, 화, 수는 시간을 못 내다가 목요일 1교시에 체육관에서 가서 운이 좋게 2학년 두 학급의 체육수업을 참관했다. 그리고 2교시에는 내가 문학 수업을 하는 학급의 과학 수업을 참관했다. 허리와 다리는 좀 아팠지만 역시나 아이들의 모습을 여유 있게 관찰할 수 있었고 국어 시간과 다른 모습을 발견하는 재미가 쏠쏠했다.

혁신학교라도 고등학교에서는 자율적인 수업 공개와 연구회가 힘들다고 한다. 하지만 우리 학교 선생님들의 수업 고민은 깊이가 있고 서로 경청하고 격려하는 자세는 배울 점이 많다. 그래서 수업 공개는 정답을 찾는 과정이 아니라 고민이 깊어지는 과정이다.

교사는 매일 다른 상황 속에서 매일 다른 아이들과 만나서 배움을 만들어 내야 한다. 훈련이 아니라 교육을 하는 학교에서는 고민이 많은 교사가 좋은 교사이다. 2019년 3월 마지막 주에 했던 고2 학년 수업연구회의 기록을 다시 읽으며, 나도 매일매일의 수업에서 아이들을 새롭게 보고 자세히 관찰하기 위해 노력해야겠다고 다짐해 본다.

A교사: 이번 주에 수업 참관을 하면서 느낀 점이 많다. 내 수업에서 아무것도 안 하면서 힘들게 하는 학생이 다른 수업 시간에 발표하는 모습이 인상적이었다. 그 모습을 보고 내 수업 시간에도 "한번 해볼래?" 하고 자연스럽게 참여를 유도할 수 있었다. 생각해 보니 참여하고 싶어도 기초 지식이 너무 없어서 할 수 없었던 것이 아닌가 싶었다.

B교사: 롤러코스터 타듯 학급 분위기가 변할 때가 있어서 힘든 점이 있다. 자는 아이들이 많은 반에서도 수업 마지막에 "오늘 배운 것 한 가지만 말해볼래?" 하고 물으면 한 마디는 말한다. 이런 방법으로 참여를 유도하고 있다.

C교사: 2학년 아이들이 작년보다 좋아진 이유는 학교에 다니면서 자기가 좋아하는 것 하나가 생겼기 때문이라고 생각한다. 공부에 흥미가 없는 여자아이들이 많이 모인 학급이 있는데, 오히려 친한 친구들이 많으니까 안정감이 생겨서 수업에 참여하는 모습을 보이기도 한다. 수업에 참여시키기 위해 가끔은 모둠활동을 하다가 자유롭게 돌아다니며 문제를 해결하라고

하고, 포기하지 않도록 할 수 있을 만큼 과제를 부여하기도 한다.

D교사: 처음에는 활동을 열심히 안 하다가 이름을 불러주면 관심을 가지고 수업에 참여하는 학생들이 있다. 쉬운 것이라도 해결하면 칭찬해 주려고 노력 중이다. 그리고 하고 싶어도 기본적인 어휘력, 독해력 등이 부족해서 몰라서 못 하는 아이도 있어서 고민 중이다.

E교사: 이전 학교에서 교사가 노력하면 아이들이 변할 수 있음을 느꼈다. 문제를 해결하며 작은 성취감을 느끼는 학생들을 발견했고 어려운 교과인데 순수하게 좋아하는 아이들이 있어서 감동했다. 문과와 이과 수업을 같이하면서 서로 다른 수준을 맞추기는 어렵다. 수업 초대의 글을 보내고 싶었지만 잘하는 학급의 수업을 공개하기 싫어서 고민하다가 보내지 못했다.

F교사: 모둠활동이 잘 되려면 자리 배치가 중요한 것 같다. 기본 학습 능력이 부족한 학생을 교사 혼자서 다 돌볼 수 없기 때문에 모둠의 친구에게 편하게 모르는 것을 물어볼 수 있는 관계가 만들어지도록 노력하고 있다. 3, 4주 이상 같은 모둠으로 앉으면 좋고, 시기를 정하지 말고 모든 모둠에서 서로 배우는 관계가 형성되었을 때 자리를 바꾸는 것도 시도해 볼 만한 방법 같다. 왜냐하면 시기를 정해놓고 자리 배치를 하면, 같은 모둠의 친구가 마음에 들지 않으면 다음 자리 배치까지 대화하지 않고 버티는 학생도 있기 때문이다.

쟤 하나만 없으면

"쟤 하나만 없으면 수업이 잘 될 텐데."

"쟤 하나만 없으면 학급 분위기가 참 좋아질 텐데."

혁신학교 근무 전에는 이런 대화를 교무실에서 심심찮게 들을 수 있었다. 문제가 생기면 교사에게 책임을 떠넘기고 교사를 말단 행정요원으로 취급하는 관료제 조직 속에서 수업을 방해하고 다른 아이들에게 피해를 주는 '저 아이'는 교사 혼자 감당하기 힘든 존재가 맞다.

하지만 어떤 아이에게 교사가 가장 필요한지를 조금만 생각해 보면 '쟤 하나가 있어서' 교사 역시 올바르게 성장할 수 있는 것이 아닐까? '쟤 하나만 없으면'이라고 상상할 수 있지만, '쟤 하나를 위해서' 무엇을 할 수 있을까를 고민하고 실천하면서 진정한 교사로 다시 태어날 수 있다.

혁신교육대학원에서 들은 엄기호 선생님의 강의에서 이런 고민을 해결할 수 있는 실마리를 얻었다. 말썽을 피우는 아이들, 특히 남자아이들에게 필요한 것이 '존재론적 안정감'이라고 한다. 학교에서 교사가 잘못을 저지른 아이에게 규범만 강조하면서 질책하게 되면 집에 있는 아버지보다 더 엄한 아버지로 학생에게 인식된다. 이런 관계가 형성되면 교사나 학생이나 항상 창과 방패를 들고 대치하는 상황이 되고 만다.

대신에 '선생님은 너의 잘못에도 불구하고, 너의 존재 자체는 존중하고 자존심을 지켜줄 거야.'라는 믿음을 주어야 하는데, 이것이 존재론적 안정감이다. 어쩌면 '저 아이'에게는 그런 신뢰를 주며 따뜻한 말 한마디 건네줄 수 있는 사람이 학교에서 만나는 교사밖에 없을지도 모른다.

교실에서 교사를 힘들게 하는 그 한 명 때문에 그 교실에 교사가 필요한 것이다. 교사의 의도대로 그 아이가 움직이지 않을 때, 친구들과 협력하지 않을 때, 깨워도 일어나지 않을 때 교사의 성찰이 시작되고 새로운 도전 앞에 서게 된다. 다른 아이들은 모두 고개를 들고 웃고 있는데 단 한 명이 고개를 숙이고 힘들어할 때 교사의 마음속에 짜증과 불안이 아니라 걱정과 연민이 출렁이면 좋겠다. 기술자가 아니라 전문가로 탄생하는 순간은 그런 출렁임과 함께 시작되기 때문이다.

그 한 명은 구체적인 이유는 다르지만 대부분 우울한 아이이다. 또 교사 혼자서는 감당할 수 없는 아이가 대부분이다. 그래서 교사들이 그런 아이를 어떻게 지원해 주고 어디까지 경계를 세워야 할지를 토의해야 한다. 그 아이의 사정을 먼저 듣지 않고, 학생 생활 규정이나 수업 규칙을 먼저 논의하는 일이 없었으면 한다.

4월 중반이 넘어가면 학교마다 1차 지필고사가 다가온다. 새 학년의 첫 시험을 맞이하는 아이들은 이유야 다 다르지만 조금 예민해져 있다. 교실에서 나를 가장 힘들게 하는 아이에게 잃어버린 활동지도 챙겨주고 옆의 친구에게 필기를 보여주면 좋겠다고 대신 부탁하면 어떨까? 아이가 아이의 언어로 상처 주고 거친 행동으로 대들어도, 어른의 언어로 물어보고 어른의 행동으로 보살펴 주는 것이 오히려 교사를 행복으로 이끄는 길이라고 믿는다.

아직 소리가 되어 있지 않은 말들

세월호 참사 5주기였던 2019년 4월 16일, 고2 문학 시간에 추모 시간을 가졌다. 수업 진도와 학급 분위기를 고려해서 '세월호 추모 영상 보기와 마음 나누기'를 약간씩 조정해서 진행했다. 그중에서 수업 종이 울려도 엎드려 있는 아이들이 가장 많은 학급은 어쩌다 보니 야외 수업까지 하게 되었다.

단원고 희생자 학생들이 명예 졸업장을 받는 영상과 생존자 학생들이 심경을 고백하는 영상을 먼저 봤다. 2교시 수업이라 그런지 처음에는 10명 정도 엎드려 있었는데 한두 명씩 고개를 들고 영상을 보는 모습에 감동했다. 그리고 포스트잇에 각자 하고 싶은 말을 적은 후에 조용히 학교 1층으로 내려가서 '작은 소녀상' 뒤쪽 벽에 붙였다. 두세 명 빼고는 모두 진지하게 자신의 마음을 표현했고 똑같은 문장을 적은 경우는 없었다. 그리고 다들 친구들의 글도 천천히 읽어 보았다.

시계를 보니 20분 정도 시간이 남아서 남학생들에게는 미리 빌려놓은 축구공을 던져주었다. 여학생들은 봄 햇볕을 쬐며 하늘 구경, 꽃구경을 하라고 했다.

운동장에서 아이들 옆에 다가가 말을 거니까 모든 아이가 대꾸도 잘하고 내게 질문을 하기도 했다. 수업 시간에 얼굴을 보기 힘든 아이가 열심히 거울을 보고 있길래 "자연조명을 받으니까 화장이 더 잘 되지?" 하고 농담을 던지니 같이 웃어주었다. "웃으니까 보기 좋네. 교실에서도 웃는 얼굴을 자주 보고 싶다."란 말도 덧붙였다.

교무실에 돌아와서도 여운이 많이 남아 잠시 생각에 잠겼다. 매년 하는 추모 수업이고 성적에 반영되는 활동도 아닌데, 아이들은 왜 이렇게 애틋한 마음을 또박또박 적었을까? 평소 수업 시간에는 잠을 깨워 볼펜을 쥐여주고 모둠활동에 참여하라고 책상을 돌려주고 해도 다시 엎드리는 아이들이 있는데, 무엇이 아이들을 움직이게 했을까?

며칠 전 저녁에 학교에서 배움의 공동체 공부 모임 선생님들과 사토 마나부 교수님의 책을 읽고 이야기를 나눴던 생각이 났다. 나는 아래 구절이 가장 마음에 와닿았다.

배움을 풍요롭게 촉진할 수 있는 교사는 집단을 상대로 이야기할 때에도 한 사람 한 사람에 대해서 이야기하고 있는 것과 같으며 모두에게 말하고 있는 것이 아니다. 교실에 있는 것은 아이들 한 명 한 명이지 모두로 있는 것이 아니기 때문이다. 한 사람 한 사람에게 이야기하면서 그 이야기가 한창 진행 중인 과정에서도 한 명 한 명의 아직 소리가 되어 있지 않은 말에 귀를 기울이며 아이들의 신체의 이미지나 너울거리는 정서의 물결과 함께 공진하고자 하는 것이다. 이러한 신체와 말을 갖춘 교사의 교실에서 배우는 아이들은 행복한 것이다.

— 사토 마나부, 『수업이 바뀌면 학교가 바뀐다』 중에서

교무실에서 가끔씩 "그 반은 참 듣는 자세가 안 돼 있어.", "그 반은 호기심도 없고 무기력해."와 같은 말이 들린다. 그런데 뒤집어 생각해 보면 오히려 교사들이 아이들의 '아직 소리가 되어 있는 신체의 말과 정서의 숨결'을 제대로 듣고 느끼지 못하는 것은 아닐까?

나도 습관적으로 학생들이 발표를 대충 하거나 아무것도 쓰지 않고 백지를 제출했을 때 모두에게 똑같이 말할 때가 있다. "왜 말을 끝까지 하지 못하니?", "너의 생각을 조금이라도 적을 수 있잖아. 안타깝네."라는 말을 쉽게 했다. 하지만 아이들이 무엇을 말하고 쓰기 전에 이미 움직이고 있던 한 명 한 명의 표정과 몸의 언어를 관찰하고 관심을 가지려고 하지 않았다.

다시 돌아온 4월 16일, 아이들과 함께한 특별한 수업이 이러한 성찰을 내게 선물해 주었다. 교실에서 영상을 볼 때, 포스트잇에 적힌 글을 읽을 때, 운동장에서 대화를 나눌 때 비슷해 보이지만 다 다른 아이들의 소리를 들으려고 노력했다. 그래서 아이들도 내게 마음의 문을 조금 연 것 같았다. 세월호와 함께 떠난 그 아이들도, 내가 만나는 아이들도 모두 하고 싶은 이야기도 많고 웃음과 눈물도 많은 나이, 18살이었다.

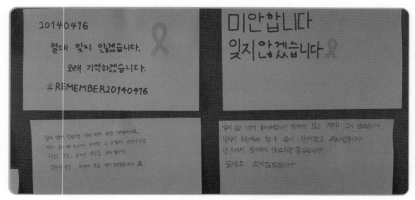

울 담임샘이 지각한 사연

학창 시절

초중고 12년 내내

지각 조퇴 결석 한 번도 안 했다는

우리 반 담임샘이 오늘 지각을 했는데요.

교사가 되고 10년 내내

지각 조퇴 결근 한 번 안 했다고 자랑하던

담임샘이 오늘 아침에 5분이나 늦었는데요.

저 같으면 사고가 있었다든가

교장샘과 얘기하다 늦었다든가

이마에서 송골송골 땀방울이 떨어져도

아무렇지 않게 둘러대고

어서 자습하라고 할 텐데 말이죠.

농담도 잘하고 가끔 뻥도 잘 치던

민수 샘이 오늘은 솔직하게

벚꽃 구경을 하다가 늦었다고 하시네요.

늦잠을 자서 서둘러 자전거 페달을 밟고 오다가

그놈의 벚꽃이 어제 내린 봄비 때문인지

기습적으로 여기저기 활짝 피어나서

꽃구경하다 시간 가는 줄 모르셨다네요. 헐~

그리곤 "니들도 꽃구경 좀 하고 살아라." 이러시네요.

그럼, 저도 점심시간에 어디 가서 벚꽃 아래서 놀다가

슬금슬금 들어와도 될까요?

5월

따뜻한 마음이 익어가는 계절

불안하고 힘든 10대를 보내고 있는 아이에게

따뜻한 마음의 한 자락을 나눠주는 것,

그것이 교사라는 직업의 특별한 매력이다.

교사가 되기 전에 어른이 먼저 되기

교무실 책장의 잘 보이는 곳에 꽂아놓고 가끔 열어 보는 비타민 같은 책이 있다. 일본에 가서 뵙고 온 적이 있는 우치다 타츠루 선생님의 『스승은 있다』라는 책이다. 한국의 독자들에게 보내는 서문부터 의미 있는 구절들이 잔뜩 있다.

한국의 아이들은 세계에서 공부를 가장 많이 하고 있다. 하지만 그 세찬 노력의 목표가 일류대학 입학, 대기업 취직, 높은 월급, 높은 위신, 큰 권력, 풍부한 문화자본과 같은 사적 이익이라면 '성숙'과는 인연이 없다.
왜냐하면 그런 사적 이익의 가치는 여섯 살 아이도 알 만한 것이기 때문이다. 어른이란 '아이는 모르는 가치를 아는 사람'이다. 우리들이 무언가를 배우는 이유는 '아이가 보는 세계'보다 더 넓은 세계에 발을 내어놓기 때문이다.

– 우치다 타츠루, 『스승은 있다』 중에서

얼마 전 1차 지필고사를 앞둔 자습 시간이 떠올랐다. 떠드는 아이들에게 "나중에 후회하지 말고 한 등급이라도 높이도록 공부하자."라고 목소리 깔고 말하던 슬픈 자화상이 보였다. 그런 식상한 말 대신에 진지하지 않게, 농담도 조금 섞어서 말했으면 더 좋았을 것 같다. 이를테면 "어린이들, 내일모레 시험인데 공부하는 친구를 방해하면 안 되겠죠? 그래야 배려하고 존중하는 어른이 될 수 있어요." 하고 살짝 웃으며 말하는 것이다. 『스승은 있다』를 다시 읽으면서, 아이들의 눈높이에 맞춰 중요한 가치를 이야기할 수 있는 지혜를 얻었다. 그런데 '돈이나 권력보다 중요한 것들이 많다.'라는 것을 어떻게 전달하면 좋을지는 계속 고민이 된다. 사적 이익의 추구라는 목표는 그 결과가 눈에 보이고 계산할 수 있어서 설명하기 쉽지만, 정작 아이들의 삶에 필요한 중요한 가치는 간단히 설명하기 어렵다. 세속적 권력이나 명예보다 찬란한 높은 이상과 포부, 천만금보다 소중한 사랑과 예술의 순수한 아름다움을 어떻게 보여줄 수 있을까? 뉴스를 틀면 바로 튀어나오는 폭력과 전쟁 대신에 평화와 인권, 인류애의 가치를 어떻게 간단하게 설명할 수 있을까?

그런데 우리 교사가 잊고 있는 것이 하나 있다. 바로 학교에서 가르치는 모든 교과가 추구하는 본질, 궁극적인 목표 속에 '아이들이 모르는 가치'가 잔뜩 담겨 있다는 것이다. 사토 마나부 교수님이 배움이 일어나는 수업의 첫 번째 조건으로 '교과의 본질을 추구하는 수업'을 말한 것도 이런 이유 때문이다.

교육의 질은 교사의 질은 뛰어넘을 수 없다는 말이 있다. 교사의 질은 교사가 가르치는 교과에 대한 교양, 세계와 인간의 본질에 관한 관심, 그리고 세계의 모든 현상과 사건을 자신이 가르치는 교과 내용과 연결하는 유연성과 창의성이 있을 때 높아진다고 한다. 그래서 우치다 선생님도 교사가 교과의 본질이나 교과를 공부해야 할 필요성을 아이들에게 간단하게 설명하지 말라고 했다. 아이들이 "이것을 왜 배워야 해요?"라고 물으면, "왜 배워야 하는지 간단하게 설명할 수 있으면, 시간과 노력을 들여 배울 필요가 없겠지. 배우다 보면 알게 될 거야."라고 하면서 오늘의 수업을 시작하면 된다.

그런 의미에서 『스승은 있다』는 교사의 교양을 높일 수 있는 참 좋은 책이다. 후배 교사는 물론이고 교직을 꿈꾸는 학생들에게도 자주 추천하고 있다. 그리고 좋은 어른이 되고 싶은 학부모님들에게도 이 책을 권하고 싶다.

아이들이 선생님에게 바라는 수업은

　우리 학교는 한 학기에 한 번씩 1차 지필고사가 끝나면 '좋은 수업 만들기 간담회'를 한다. 혁신부의 가장 중요한 행사라고 생각하기 때문에 선생님들께 보내는 안내 메시지 하나도 썼다 지웠다를 반복한 후에 보내곤 했다.

　"전국에 혁신학교는 많아도 '학생-교사 좋은 수업 만들기 간담회'를 하는 학교는 적습니다. 우리 학교의 전통이자 자랑이 될 것 같은 예감으로, 올해도 1차 지필고사가 다음 주 학급 자치 시간에 학급별 간담회를 하고 이어서 학년별 간담회도 합니다.

✖ 좋은 수업이란?

교사와 학생이 배움의 즐거움을 함께하기 위한 만남이 이루어지는 곳입니다.

✖ 좋은 수업 만들기 간담회는?

배움의 즐거움을 만들어 가기 위해 학급, 학년별로 이야기를 나누는 자리입니다. 학생과 교사가 함께 좋은 수업 문화를 만들기 위해 함께 노력할 것을 의논하는 자리이기 때문에 특정 학생, 교사, 과목명은 말하지 않습니다.

✖ 좋은 수업 만들기 간담회의 절차는?

1단계: 먼저 첨부한 수업설문지를 참고하셔서, 자율적으로 설문지를 만들어서 선생님의 생각을 전달하고 학생들의 의견을 듣습니다. 학생들에게 받은 설문지 내용은 읽어 보시고 학년별 간담회에 오시면 됩니다.

2단계: 다음 주 수요일 5교시 학급자치 시간에 학급별 좋은 수업 만들기 간담회를 실시합니다. 학급 회장, 부회장이 진행하고 담임 선생님께서는 참관하시면 됩니다. 혁신부에서 전날 점심시간에 학급 대표 사전교육도 합니다.

3단계: 학급별 간담회를 마치면 다른 학생들은 귀가하고 학급 학생 대표(회장, 부회장, 희망 학생)와 학년별 전체 교사들이 모여 학년별 좋은 수업 만들기 간담회를 실시합니다.

* 학년별 좋은 수업 만들기 간담회에서 논의한 내용은 정리해서 학급, 복도 게시판에 붙이고 공유합니다. 기타 궁금하신 점은 문의해 주세요. 감사합니다.^^

좋은 수업 만들기 간담회의 주제는 크게 '우리 반의 수업 태도 성찰하기'와 '수업에서 선생님들에게 바라는 점' 두 가지이다. 2학기 간담회 때는 '우리 학급의 수업 태도 칭찬하기'와 '선생님들께 감사한 점'을 추가한다.

학년 간담회에서 학급 대표가 정리해 온 내용을 들어보면 학급마다 특성이 달라서 흥미롭다. 예를 들면 어떤 반은 "모둠활동을 많이 하고 싶어요."라는 의견이 많았지만, 다른 반은 "발표수업을 줄여주세요."라는 건의가 많았다고 한다.

무임승차를 하는 학생에 대한 대책을 바라는 의견은 공통적이었고, 선생님들의 작은 배려와 관심도 바라고 있었다. "지우기 힘든 빨간 보드마커로 필기하지 말아 주세요.", "갑자기 목소리를 크게 해서 놀라지 않게 해주세요."처럼 생활 밀착형 의견도 있고 "다른 반과 비교하지 말아 주세요.", "수업에 잘 참여하지 않은 학생에게 선생님들께서 더 마음을 열고 기다려주세요."라는 의젓한 의견도 있다.

교사에게 바라는 점을 듣고 아이들이 오해하고 있는 것을 알기 쉽게 설명해 주는 선생님도 있지만, 아이들이 본인 이야기를 하고 있다고 느끼는 선생님은 불편한 기색을 보이기도 한다. 하지만 좋은 수업은 교사 혼자 노력한다고 되는 것이 아니라서, 아이들의 솔직한 의견이 도움이 많이 되었다고 말하는 선생님들이 많았다.

　방송국에서 혁신학교 특집 프로그램을 위해 취재를 하러 오는 경우가 있다. 학교의 장점에 관해 물으면, 미리 말을 맞춘 것처럼 교사와 학생 모두 좋은 수업 만들기 간담회 자랑을 빠뜨리지 않는다. '조금 불편할 때도 있지만, 서로의 이야기를 경청하는 것'의 가치를 모두가 느꼈기 때문이 아닐까? 좋은 간담회가 좋은 수업을 만들고, 좋은 학교를 만든다.

<2학년 3, 4반 바라는점>
— 선생님께 —

1. 모둠수업 ↑   9. 유지(제발요)
2. 다양한 매체 활용   ↑
3. 학생들이 싫어할 만한 발언 자제)
4. 발표수업 자제 (소수의 의견)
5. ♥ 지금도 충분합니다 ♥ 😊
6. 초심을 잃지 않으셨으면 합니다
7. 배움의 즐거움을 함께 만드는 수업
8. 학교 생활 내 접수, 복장으로 압박↓

<2학년 3, 4반>
학생들이 노력할점

1. 조용히 하기
2. 자는친구 깨우기
3. 수업시간에 화장 X
4. 핸드폰 사용 X
5. 수업시간 중 화장실, 보건실 외출자제
6. 모둠활동 참여하기
7. 수업시간 지키기 (타종)
8. 선생님이 칠판써주시는 분량 조금은 ↓

교사라는 직업이 힘들지만 매력적인 이유

교사라는 직업이 힘들어도 매력적인 이유는 많겠지만, 나에게는 역시 자라나는 아이들을 만난다는 것이 가장 매력적이다. 미성숙하기 때문에 분통 터지고 기운이 빠질 때도 있지만, 미성숙하기 때문에 귀엽고 뭉클할 때도 많다.

아이들이 쓴 글을 읽고 채점하는 것은 눈과 골치가 모두 아픈 일이지만, 때론 웃음을 참을 수 없어서 혼자 킥킥거리기도 하고 코끝이 찡해지는 순간도 쿠폰처럼 갑자기 날아온다.

시집 읽기 수행평가 채점을 하다가, 한 아이의 속마음을 만나게 된 순간은 아직도 또렷하다. 시집을 읽고 마음에 드는 시를 골라 지인에게 선물하는 활동이었는데, 거의 매일 수업 시간에 졸던 학생이 나에게 시를 선물하며 편지까지 썼다. 그냥 몇 번 깨워서 말을 걸어준 것뿐인데, 그

순간을 기억해줘서 고마웠다.

2. 내가 고른 시를 선물하는 글쓰기

내가 고른 대상에게 시를 권하는 편지글을 쓰세요.

To. 한민수 선생님

선생님, 1년하고 거의 반년 동안 수업 잘 알려주셔서 감사해요. 2년째 우리 반 수업 들어와서 선생님도 좋죠? 1학년 1차 시험 보고 나서 선생님이 저 자는 거 깨워서 "성적은 괜찮은데 왜 요즘 매일 자냐?" 하고 말씀하셨던 것 같은데, 사실 그때 공부 하나도 안 했는데 운이 좋아서 잘 본 거예요. 그래도 그때 그렇게 말한 선생님이 선생님밖에 없어서 아직까지도 생각에 남고, 공부할 때도 생각나요. 올해 봄방학 때 어쩌다 보니 진로 찾아서 공부도 열심히 하고, 안 자려고도 나름 하고 있어요. 선생님 제가 선생님들 중에서 거의 제일 좋아해요. ♡♡ 앞으로도 수업 잘 들을게요.

2. 내가 고른 시를 선물하는 글 쓰기
 - 내가 고른 대상에게 시를 권하는 편지글을 쓰세요.

확인

To 한인수 선생님
선생님 1년하고 거의 반년동안 수업 잘 달려주셔서 감사해요
2년째 우리반 수업 들어와서 선생님도 좋죠?? 1학년 1자시험
보고나서 선생님이 지 자는 거 깨워서 성적은 괜찮은데 왜 매일
자냐고 그랬었던 거 같은데 사실 그때 공부 하나도 안 했는데 운이
좋아 잘 본 거에요. 그래도 그때 그렇게 말한 선생님이 선생님밖에
없어서 아직까지도 생각에 남고, 공부할 때에도 생각나요
올해 봄방학 때 아쩌다 보니 진로 찾아서 공부도 열심히 하고,
안 자려고도 나름 하고 있어요. 선생님 제가 [ ] 선생님들
중에서 거의 제일 좋아해요♡♡ 앞으로도 수업 잘 들을게요

일본 영화 〈너의 췌장을 먹고 싶어〉에 나오는 남자 주인공도 국어 교사이다. 교사라는 직업이 자신과 잘 맞지 않다고 생각해서, 서랍 속에 사직서를 넣어놓고 만지작거린다. 그러다가 어떤 여학생이 보낸 편지를 읽고 사직서를 찢어버린다. 편지에는 스스로 아웃사이더가 되어 외롭게 학교에 다니던 남학생 한 명을 주인공이 다가가서 대화를 나누고 응원해주어 고맙다는 내용이 적혀있었다. 그 여학생은 자신과 비슷한 성격의 남학생을 좋아하고 있었고, 그래서 국어 선생님께 감사의 마음을 전한 것이다. 한 사람의 굳게 닫힌 마음을 움직이는 것은 다른 사람의 열린 마음밖에 없다는 것을 새삼 느끼게 해준 영화였다.

여전히 불안하고 힘든 10대를 보내고 있는 아이들과 친구가 되어주는

것, 아이들에게 손 편지로 답장 몇 자를 적는 것처럼 따뜻한 마음의 한 자락이라도 나눠주는 것. 그것이 교사라는 직업의 특별한 매력이다. 나에게 시를 선물해 준 아이에게 답장을 적으며 바라본 창밖에는 눈부신 햇살과 봄꽃이 가득하다. 참 따뜻한 5월이다.

"○○아, 좋은 시와 솔직한 글 잘 읽었다. 쫌 많이 감동했다. ^^ 네 말대로 작년에 이어 다시 수업에서 만나니 행복하구나. 지금 2학년 모두 정도 많이 들었고 다들 착하고 나름 노력도 하고 있으니까. ○○이 너도 즐겁게 학교생활 하는 모습을 보니 기쁘고 고맙고 그러네. 하루하루, 한 시간 한 시간 긍정적으로 생각하고 밝게 지내다 보면 어느새 삶이 행복해지지 않을까? 더 밝은 표정, 기대할게~. 아, 그리고 작년에 네가 쓴 글 중에서 게임에 관한 시는 아직도 기억난다. 글도 꾸준히 써보렴."

6월

소소한 행복을 찾아서

나이가 들수록 누군가

학교에서 행복한 순간을 그려보라면

그릴 수 있는 것들이 점점 많아지고 있다.

진정한 교육은 괴로움이 따른다

성장소설 쓰기 수업을 하면서 곤혹스러운 순간이 있었다. 아이들이 자신의 체험을 바탕으로 사건이 있는 이야기를 간단하게 쓰고 이를 발전시켜서 소설 내용을 구체적으로 작성하는 활동이었는데, 마치 소설처럼 예상하지 못한 사건이 생겼다.

✖ 나의 체험에서 소설이 될 만한 이야깃거리를 발견하거나, 다른 사람의 체험에서 어떤 암시를 받아 새롭게 든 생각에 상상을 곁들여 이야기를 만든다. 단 비현실적으로 흐르지 않아야 하며, 내 생활과 관련되어야 이야기를 쉽게 풀어나갈 수 있다는 점을 명심하자.

사건이 있는 이야기

✖ '사건이 있는 이야기'를 발전시켜 소설 내용을 구체적으로 작성해 보자.

1. 말하고 싶은 이야기가 명확해지도록 이야기를 한 문장으로 정리한다.
   예) 내 소설은, 내가 예뻐하던 새끼 고양이를 깔고 자는 바람에 고양이를 죽인 이야기이다.

2. 주인공의 감정은 어떻게 변화하는가?
   예) 어린아이들이 새끼 고양이를 못살게 구는 것을 보고 불쌍했다. → 나의 실수로 고양이를 죽였다는 사실에 내 자신에게 화가 나고 너무 속상했다.

 아이들은 자신이 쓰고 싶은 소설의 내용을 한 문장으로 정리한 후에 그 사건을 통해 자신의 감정이 어떻게 변했고 깨달은 점은 무엇인지를 적고 있었다. 아이들이 내용을 적는 동안 나는 돌아다니며 질문에 답하고 한 명씩 글을 읽고 의견을 말해 주었다. 한 여학생이 얼마 전에 세상을 떠난 강아지를 그리워하는 이야기를 열심히 적고 있길래 조언을 했다. "실제 소설을 쓸 때는 처음 강아지를 본 순간과 마지막 모습을 잘 묘사하면 되겠네."라고 말하자 그 학생은 바로 고개를 숙이더니 눈물을 흘렸다.

순간 나는 냉수마찰을 한 것처럼 정신이 퍼뜩 들었다. 옆에 앉은 친구도 놀라서 학생에게 휴지를 건네주었다. 나는 몇 분이 지나고 나서야 "미안하다, 선생님이 너무 말을 쉽게 했지."라고 겨우 한마디하고 수업을 마쳤다. 교무실에 돌아와도 얼굴이 화끈거리는 것 같고 우울했다. 스스로 '그런 진정성 없는 말을 어떻게 할 수 있었나?' 하고 따져 물었다.

다음 날에도 그 여학생이 계속 마음에 걸렸다. 여러 가지 생각에 빠져 있다가 수업에 들어가기 전에 '진정성'의 의미를 검색해 보았더니 '참되고 애틋한 정이나 마음을 가지고 있음'이란 뜻이 송곳이 되어 나를 찔렀다.

내가 만든 활동지에 사건의 예시로 '실수로 자다가 새끼 고양이를 죽인 이야기'가 있었는데, 이것도 적절하지 못했다고 자책했다. 물건을 찍어내듯 글을 쓰게 만드는 것도 아닌데, 성장소설을 쓴다면서 기교나 절차적인 측면을 지나치게 강조했다. 무엇보다 그 여학생의 글을 읽으면서 '괴로움'이 없었다고 반성했다. 짧은 시간 동안 여러 아이의 글을 읽고 의견을 말해 주더라도 먼저 아이들의 경험을 진정성 있게 받아들여야 했다.

수업 시간에 아무것도 하지 않은 학생을 보면서 괴로워하는 것도 교사로서의 진정성 때문이고, 학생들의 갈등이나 반항 때문에 잠 못 들고 고민하고 힘들어하는 것도 진정성을 가지고 있기 때문이다. 소설 쓰기 수업을 하면서 흘린 학생의 눈물을 통해 '괴로움이 없었던 몇 초'를 발견했고 나는 부끄러움을 느꼈다.

아이들에게 성장소설을 쓰게 하고 있지만 더 성장해야 하는 것은 교사인 나였다. 그래서 '좋은 교사가 되고 싶은 내면의 나와 학생들에 비치는 실제의 나' 사이의 거리를 좁히고 싶은 나의 성장소설은 여전히 진행형이다.

아이들의 진심을 어떻게 평가할 수 있을까

학교에서 '생활 글쓰기 대회'를 한 적이 있다. 시나 소설보다 아이들이 쉽게 창작할 수 있는 것이 수필이라, 더 많은 학생이 참여하기를 바라는 마음에서 하게 되었다. 기대한 것처럼 학급마다 10명 정도의 아이들이 수필을 투고해서 국어 선생님들이 즐거운 마음으로 심사할 수 있었다.

아이들의 작품을 읽어 보니 한 편 한 편이 제목이 다채롭고 저마다 소중한 사연이 반짝이고 있었다. '삶에 관해', '나 자신을 사랑할 수 있는 용기', '짧지만 긴 나의 17년'과 같은 철학적인 글도 있고, '나와 핸드폰의 역사', '달리기가 제일 싫어', '내 인생의 힐링—덕후 이야기'처럼 일상에서 의미를 길어 올린 재치 있는 글도 많았다. 구성과 표현에서 능숙함의 차이는 있었지만 저마다의 진심에 순위를 매길 수는 없을 것 같았다. 또 자기만의 이야기를 자유롭게 표현할 수 있는 수필의 매력을 모든 아이가 느꼈을 것이라는 생각도 들었다.

　그래서 상을 받지는 못했지만, 정성을 다해 응모한 모든 아이에게 작은 선물을 주고 싶었다. 생활기록부에도 참가 사실을 기록할 수 없게 되어서 아이들의 실망이 더욱 클 것 같기도 했다.

　어떤 선물을 줄지 고민하다가 아이들의 제출한 원고를 담아서 돌려줄 예쁜 클리어 파일을 학교 예산으로 샀다. 상을 받지 못한 아이들을 교무실로 조용히 불러 이렇게 속삭이며 응모작을 돌려주었다.

　"선생님들이 너의 글을 잘 읽어 봤어. 아깝게 상을 받지는 못했지만, 이 클리어 파일에 넣어서 너의 소중한 기록을 잘 간직하면 좋겠어."

　클리어 파일에 담아서 원고를 돌려준 것뿐인데, 모든 아이가 상을 받은 것처럼 기뻐하며 돌아갔다. 적은 예산으로 생색을 내서 미안한 마음도 있었지만, 아이들 덕분에 우리 국어 선생님들도 마음속 클리어 파일에 넣을 추억 하나를 선물로 받았다고 느꼈다.

문득 학교에 있는 순간이 행복해질 때

학교에서 아이들을 보고 있으면 아빠 같은 마음이 되는 나이라서 그런가, 문득 학교에 있는 순간순간이 행복해질 때가 있다. 별거 아닌 모습에 혼자 웃기도 하고 속절없이 감동하기도 한다.

아침 일찍 학교에 온 어떤 아이가 복도에 있는 평상에 누워 담요를 덮고 있는 모습을 보면 가슴이 뭉클해진다. 그래서 평상 위의 작은 평화를 지켜주기 위해 조심조심 지나간다. 또 쉬는 시간 복도에 몰려나온 아이들이 평상 위에 모두가 평등하게 무릎을 맞대고 앉아 있거나, 아예 대자로 누워서 장난을 치고 있는 모습을 볼 때면 입꼬리가 올라간다.

점심시간에 아이들의 무단 외출을 막으려고 정문 앞을 지키고 있는 순간에도 쉽게 마음이 흔들린다. 외출증을 못 받은 아이들이 내 주변을 서성이다가 하트 모양 눈을 하고 애교를 부릴 때면 경계하던 마음이 바로 무장 해제된다. 아이들에게 "대표를 한 명씩 뽑아서 나와 협상하자. 그냥은 못 내보낸다."라고 하지만, 학교 앞 편의점에서 아이스크림을 사 먹으려고 잔머리를 굴리는 모습이 귀엽다.

점심시간이 끝날 무렵, 5교시가 없는 20대 선생님 몇 명이 내게 인사하고 교문을 지나 학교 앞 카페로 나들이를 간다. 후배 교사들이 학교에서 누리는 소소한 행복을 응원하는 마음으로 장난을 치기도 한다. "선생님들, 저는 이미 커피를 마셨어요. 진짜 제껀 안 사와도 돼요." 하고 농담을 건네면, "네, 진짜 안 사 올게요. 참을게요." 하고 웃으면서 손을 흔들며 간다.

점심시간에 아이들과 즐겁게 실랑이하고 후배 선생님들의 행복한 외출을 지켜보니 정문 지도를 하는 시간이 빨리 간다. 정문에서 나와 함께 보초를 섰던 계수나무의 하트 모양 잎사귀에 마음을 뺏기고 자유롭게 담을 넘어가는 장미꽃 넝쿨도 넋을 잃고 바라본다. 나이가 들수록 누군가 학교에서 행복한 순간을 그려보라면 그릴 수 있는 것들이 점점 많아지고 있다. 그런 느낌이 참 좋다.

7월

공부와 배움 사이에서

공부는 시험이 끝나면 사라지는 것,

배움은 시험이 끝나도 남는 것.

자습의 풍경 속에서도 협력이 살아날 수 있을까

아이들이 자습하는 시간에도 협력적 배움이 살아날 수 있을까?

2022년 1학기 2차 지필고사를 며칠 앞두고 아이들은 진도를 다 나간 과목이 많아서 하루 3~4시간 정도 자습을 하고 있다. 나도 시험 범위에서 낱말 퍼즐을 만들어서 나눠주고 풀어보게 한 후에는 한두 시간씩 자습 시간을 주면서 질문하는 아이가 있으면 답을 해주었다.

코로나19 전에는 시험 보기 직전까지 복습을 위한 모둠활동을 열심히 했다. 시험 범위에서 궁금한 것을 종이에 적고 서로 답하게 하거나, 시험 예상 문제를 만들어 서로 풀어보게 했다. 때로는 '나도 선생님' 활동을 했다. 학생이 앞에 나와 선생님처럼 일부분을 설명하고 친구들의 질문에 답하는 시간이다.

하지만 최근에는 자습 시간을 달라는 아이들이 많아졌다. 저마다 학원에서 만든 시험 대비 교재를 보면서 조용히 공부하는 것을 원한다. 나 역시 복습하는 활동을 하며 혹시라도 힌트를 줄까 봐 말조심하게 되니까 갈수록 부담감이 커졌다.

이런 생각을 하면서 아이들의 모습을 한동안 감상했다. 10분 정도 계속 보다 보니 학급마다 자습하는 풍경이 다르다는 것을 발견했다. 평소 모둠활동이 잘 되는 반은 정해진 자리에 앉아서 각자 공부하다가, 궁금한 것이 생기면 주위 친구 쪽으로 몸을 돌려 소곤소곤 묻기도 했다. 모둠활동이 어렵던 학급은 몇몇 아이들이 책상을 옮겨 벽에 붙인 후에 등을 돌리고 독서실 모드로 앉아 공부했다. 그렇게 면벽수행을 하는 아이들의 뒷모습을 보고 있자니, 인문계 고등학교 2학년의 내신 경쟁이 주는 압박감이 나에게까지 전해졌다.

그래도 마음이 한결 가벼워지는 모습은 역시 짝끼리 혹은 모둠끼리 앉아서 자기 공부를 하다가도, 서로의 공부에 참견하는 학급의 풍경이다. 이런 학급에서는 공부에 전혀 관심이 없는 아이들 몇 명 빼놓고는 중간 성적의 아이들도 덩달아서 그동안 필기 못 한 것도 베끼고, 친구에게 이것저것 물어보면서 공부의 끈을 놓지 않았다. 그만큼 중요한 것이 학급에서 서로 편하게 묻고 답하며 배우는 분위기이다.

이런 분위기를 만드는 것은 역시 교사의 노력이다. 공부에 관심이 없는 아이들이 많아서 평상시에 모둠활동이 잘 안됐던 학급은 자습도 제대로 하지 못했다. 자습을 많이 할수록 관계만 더 나빠졌다. 어느 학급이나 성적에 민감한 아이가 있는데, 옆에 아이가 자습을 방해하는 행동을 반복하면 학급 분위기가 차가워졌다. 계속 거울을 들여다보고 있는 아이, 핸드폰 영상을 넋 놓고 보고 있는 친구를 째려보기도 했다.

그래서 이런 학급일수록 함께 힘을 합쳐 시험공부를 하는 경험이 필요하다. 간단한 어휘 퀴즈도 좋고, 예상 문제 만들기도 좋다. '나도 선생님'에 도전할 학생을 한두 명이라도 신청받아 해보면 재밌을 것 같다. 무엇이든 교사가 계획을 세워서 학생들을 참여시키기 위해 애써야 하지만, 자습 감독을 하면서 인상을 쓰며 목소리를 높이고 몇몇 아이를 불러내어 주의를 주는 것보다 스트레스가 적을 것이다.

무엇보다 성적에 민감한 상위권 학생도 가장 절박한 순간에 다른 학생들을 도와주며 협력의 즐거움을 체험할 수 있다. 물론 도움을 주는 학생에게는 그동안 아껴두었던 칭찬 보따리를 풀어서 듬뿍 나눠주고 생활기록부에도 기록해준다. 그러다 보면 고3이 되어 수능 공부를 할 때도 서로 의지할 수 있지 않을까? 자습 지도를 하며 이런 큰 그림을 그려보는 것이 즐겁다.

시험이 끝나도 마음속에 남아 있는 것

학년 초가 되면 수업을 맡은 학급의 학생들을 파악하기 위해 설문지를 받는다. 아이들의 생각이 궁금해서 '공부와 배움의 차이가 무엇일까?'라는 질문을 넣은 적이 있었다. 그중에서 가장 마음에 드는 답변은 '공부는 시험이 끝나면 사라지는 것, 배움은 시험이 끝나도 남는 것이다.'라는 것이었다.

이 멋진 답변을 잊지 않고 있던 나는, 모든 시험이 끝나고 여름방학을 기다리고 있는 아이들에게 작은 선물을 주기로 마음먹었다. 수행평가를 위해 아이들이 함께 만든 발표 자료로 영상을 만들어서 1학기 마지막 수업 시간에 함께 보기로 한 것이다.

발표 자료는 많은 학생이 가장 기억에 남는 수업으로 말했던 『우리도 행복할 수 있을까』 책 읽기에서 가지고 왔다. 독서토론을 마치고 모둠별로 모여 '덴마크의 행복 비밀'과 '우리나라에 도입이 필요한 정책'을 정리해서 보드지에 적었는데, 다행히 복도에 전시한 후에 버리지 않고 가지고 있었다.

1학년 1반부터 9반까지 학급별로 7개 모둠씩, 총 63개의 발표 자료 전부를 한 장씩 사진 찍어서 영상에 넣었다. 코로나19 2년 차의 교실에서 몇 번 하지 못한 모둠활동이라 더욱 소중하게 느껴졌다. 그리고 지필 평가는 어쩔 수 없이 9등급까지 나누지만, 친구들과 나눈 따뜻한 대화와 멋진 상상에는 등급 같은 것은 없다는 생각이 들었다. 그래서 발표 자료에서 특별히 잘 만든 것을 고를 필요가 없었고 부족한 자료를 뺄 필요도 없었다.

특히 1학기 2차 지필고사가 너무 어려웠다고 하는 아이들에게 미안한 마음도 있었고, "선생님, 저 공부 포기할까 봐요." 하고 농담 반 진담 반의 심정으로 말했던 아이에게도 공부보다 배움이 더욱 소중하다는 것을 꼭 전하고 싶었다.

아이들은 자기 모둠의 발표 자료가 영상에 나오면 기뻐했고, 다른 학급의 발표 자료도 집중해서 봤다. 나 역시 공부와 배움 사이에서 위태롭게 줄타기하고 있는 교사이지만, 아이들의 진지한 모습을 보니 마음이 조금 가벼워졌다. 시험은 끝났지만 책을 읽고 함께 나눈 대화가 아이들의 기억 속에 뿌리내려서 미래에 멋진 꽃으로 피워날 것 같은 예감이 들었다.

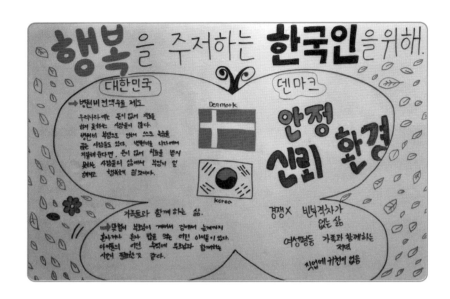

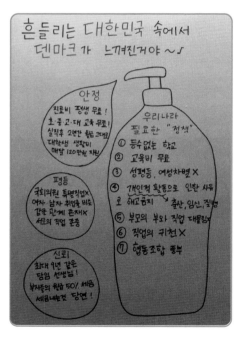

이번 생은 교사로 행복하게

모두가 즐거운 상장 수여식

"인간은 사람들로부터 자신의 존재가 확인되기를, 그리고 타인 안에 존재하기를 바란다."

"잔치는 공동체 생활을 보여주는 최고의 상징이다."

모두 철학자 마르틴 부버의 말이다. 교사들도 같은 학교에 근무하는 동료에게 자신의 존재를 인정받기 원하고, 가끔은 한자리에 모여 맛있는 음식을 나눠 먹고 호탕하게 웃으면서 공동체 의식을 공유하는 경험이 필요하다.

그래서 1학기를 평가하는 교사토론회의 사전 행사로 '동료 교사 시상식'을 하기로 했다. 여름방학에 들어가기 전에 딱딱한 토론회만 하는 것보다 모두의 수고를 인정하고 노력한 점을 칭찬하는 시간을 가지면 2학기 시작이 덜 두려울 것이라고 생각했다.

준비물은 상장 양식과 매직만 있으면 되고, 같은 교무실에 근무하는 동료에게 줄 상장의 제목과 문구를 협력해서 만드는 방법으로 진행했다. 학년부는 짝수 반, 홀수 반 담임으로 두 개의 모둠을 만들었고, 교무부와 학생부 등의 부서도 인원수를 비슷하게 해서 만들었다. 같은 모둠이 된 선생님과 머리를 맞대고 다른 모둠에 앉아 있는 선생님을 훔쳐보며 상장을 만드는 과정 자체가 재미있었다.

공동 창작으로 상장을 완성하면 한 명씩 앞에 나와 상장 이름과 문구를 읽고 나서 수여했고, 기념사진도 찍었다. 모든 선생님이 시상자도 되고 수상자도 되는 신기한 잔치였다. 내가 있는 모둠에서도 특별한 상장을 많이 만들었다. 영양 선생님께는 '이 맛이 실화인가요상'을, 사서 선생님께는 '도서관이 살아있다상'을, 보건 선생님께는 '심폐소생술 잘하는 예쁜 누나상'을 드렸다. 그리고 친목 모임을 주도하는 부장님께는 '밤에 피는 꽃상'을, 꼼꼼하고 친절하신 교육정보부장님께는 '우리학교 PC지키미 100점상'을 수여했다. 교장, 교감 선생님께 드리는 상장을 포함해서 선생님들이 만든 유쾌하고 기발한 상장 제목과 문구가 쏟아져서, 올해 들어 가장 크게 가장 많이 웃었다고 후기를 전하는 분이 많았다.

나는 같은 교무실 선생님들에게 '저질체력 락커상'을 받았다. 다시 태어나면 자유롭게 세계를 여행하며 공연하는 락커가 되고 싶다고 말했던 것을 기억해서 만든 상장이라 감동이 두 배였다.

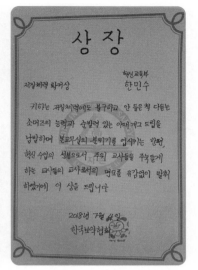

　머칠 후 방학식 날, 선생님들은 상장을 하나씩 더 받았다. '동료 교사 시상식'이 성황리에 끝났다는 소문을 들었는지, 학생회와 대의원회에서 준비한 선물이었다. 학생들이 회의를 해서 교사는 물론 행정실 직원들과 교무 실무사 선생님께도 감사한 마음을 상장으로 만들어 전달했다. 청출어람이란 말이 떠오르는 순간이었다.

나는 부담임을 맡고 있는 반에서 '인내상'을 받았다. 한 학기 동안 수업을 하며 위기의 순간이 가장 많았던 반이었는데 큰 위로를 받았고 용기를 얻었다. 이 상장도 교무실 책상에 붙여놓고 힘들 때마다 보면서 계속 인내해야겠다고 다짐했다.

인내상

귀하는 세렝게티 같은
2학년 4반 수업에서
꿋꿋이 버티며
부처와 같은 인내심으로
한 학기를
잘 이끌어 나갔기에
이 상을 수여합니다.
죄송하고 사랑합니다. 🖤

이번 생은 교사로 행복하게

선생님 때문에 이번 생은 망했어요.

"쌤 때문에 이번 생은 망했어요."라는 말. 선생님, 저도 모르게 그 말이 나왔어요. 죄송해요.

1차 지필시험 때 100점을 받은 학생이 많아서 2차 시험은 어렵게 낼 수밖에 없다고 하셨지만, 이 정도로 어려울지 몰랐어요.

2학년에 올라와서 정신 차리고 열심히 공부했는데 조금 슬펐어요. 하필 선생님이 출제하신 부분에서 2문제를 틀려서 2등급이 됐네요.

그래도 선생님, 감사해요. 작년부터 선생님께 국어를 배우면서 나의 이야기로 랩 가사도 써봤고, 문학으로 만나는 한국근현대사 수업도 평생 못 잊을 것 같아요. 덴마크처럼 행복해질 수 있는 정책을 써서 국민청원에 올린 것도 재미있었어요. 제가 쓴 글이 청원글에 인용돼서 기뻤고요.

"생기부에 찍힌 숫자 하나가 여러분의 배움과 성장을 조롱할 수 없을 거예요." 하시면서 1학기 마지막 수업을 끝내셨지만, 저를 위해 하신 말씀이라는 생각이 들었어요.

민수쌤, 여름 방학 잘 보내시길 바랄게요. 저도 다시 힘내서 방학 때 공부 열심히 해보겠습니당~.

여름방학에도 교사의 땀은 흐르고

교사의 모든 경험은 교양을 높이고

그것이 결국 수업과 생활교육의 질을 높인다.

교사들에게 방학을 허하라

교사들의 41조 연수 폐지를 요구하는 청와대 국민청원이 1만 명을 넘은 적이 있다. 왜 교수들은 가만두고 교사들의 방학만 뭐라고 하는지 모르겠지만, 주장의 근거들을 살펴보면 기본적으로 교사 집단에 대한 불신이 매우 강하다는 것을 알 수 있다.

교사들이 방학을 온전히 교육과 무관한 놀이나 여행을 위해서 쓰는 것처럼 말하고, 일반 직장인과 비교하며 교사들도 자기 계발이나 연수는 일과 후나 주말에 하면 된다고 주장한다. 41조 연수를 어떻게 다는지 등 세세한 내용이 있는 걸 보면 분명 학교를 잘 아는 분인 것 같다.

그러나 그렇게 교사의 삶을 잘 아는 분이 애써 보려고 하지 않는, 보고도 말하지 않는 교사들의 어려움이 많이 있다. 먼저 교사들은 수업 교환의 어려움과 미안함 때문에 학기 중에는 연가를 쓰고 여행을 갈 수 없다.

나부터도 교사 생활 20년이 넘었지만, 학기 중에 연가를 쓴 날은 이사하던 날 이틀 정도만 기억난다.

방학 때도 학교 일을 모두 잊고 편하게 쉴 수만은 없다. 학기 중 평일 저녁이나 주말에도 그런 경우가 많지만, 방학 때도 학교에서 전화가 와서 공문을 처리할 때가 있고 교육청 출장이나 의무적인 연수도 가야 한다. 여행 가방을 끌고 공항에 가고 싶은 마음을 참고 자비를 들여 연수원으로, 워크숍 장소로 향하는 교사들도 많다.

또 방학 때도 아이들과 함께하는 교과 행사나 성찰 프로그램을 하느라 대학교로, 박물관으로, 산으로 뛰어다니며 어벤져스처럼 아이들의 안전도 책임져야 한다.

그리고 청원하는 글에서 학기말 시험이 끝난 후, 아이들은 영화를 보거나 게임만 하고 교사는 앉아서 생활기록부만 쓴다는 지적도 있었다. 하지만 방학 전에 학생들을 위한 프로젝트 수업, 진로 강연회, 학급 합창 대회처럼 방학 전 시간을 헛되이 보내지 않게 프로그램을 운영하는 학교도 대부분이다.

신설 고등학교에서 학년 부장을 하며 1년에 20회 이상 학생생활(선도)위원회를 한 적이 있다. 출결, 흡연, 교복, 생활 태도 등 사안도 다양했다. 학생과 학부모님들의 이야기를 듣고, 다짐도 받으며 학교생활을 함께 이야기하다 보면 밤 11시 넘어 끝나는 날도 많았다. 어머니의 눈물 앞에서 고개를 푹 떨구고 있는 아이의 등을 토닥이며 배웅하고 돌아서는 순간, '내일 수업 준비는 했나?' 하는 공포가 엄습하기도 했다.

늦은 밤, 학교의 교무실과 복도의 불을 끄고 학교를 나서는 것은 늘 교사들이었다. 주말에도 못다 한 수행평가 채점과 생활기록부 기록을 위해 학교에 나와 숙직 기사님의 방 창문을 두드리는 것도 교사들이다. 그런 교사들을 가까운 곳에서 지켜봤다면, 재충전과 전문성 개발을 위한 시간인 방학을 빼앗겠다는 생각이 들지 않을 것이다.

교사에게 방학은 큰 의미가 있다. 교사가 하는 모든 경험은 교양을 높이고 그것이 결국 수업과 생활교육의 질을 높인다. 학교 밖의 낯선 공간, 새로운 사람들과 함께하는 배움, 이 모든 것들이 아이들을 위해 쓰일 수 있도록 교사들은 노력하고 있다.

그 국민청원이 있던 해에는 여름방학을 시작하는 날에도 1박2일 동안 학교에서 독서캠프를 했다. 120명의 학생이 신청한 행사라 여기저기 뛰어다니며 생각했다. 국민청원을 올린 그 분이 와서 제발 좀 도와주면 좋겠다고, 아니 땀이라도 닦아주면 좋겠다고.

마음 열기, 정말로 열어주세요

몇 해 전 여름방학 때, 경기 혁신학교아카데미 과정의 연수를 나흘간 받았다. 처음 갈 때는 귀찮기도 하고 새로운 사람들을 만나서 나를 드러내며 이야기를 한다는 것이 부담스러웠다. 그런데 지금은 '진짜 가길 잘했다.'라는 만족감으로 나에게 별점 5개 만점을 주고 싶다.

그렇게 연수를 마치고 집에서 뒹굴다 보니, 다음 주 개학이 걱정되기는 마찬가지였다. 하지만 연수를 받기 전보다 마음이 훨씬 가벼워진 것을 느꼈다. 여러 강사님의 강의와 모둠 선생님과 나눈 대화를 통해 혁신학교 운영에 관해 많이 배웠지만, 2학기 수업을 어떻게 시작하고 어떤 프로젝트를 하면 좋을지에 관해서도 아이디어를 많이 얻었다.

그 해 2학기에는 고2 독서 과목을 새로 가르치게 되었는데, 첫 시간에 복잡한 수업 규칙이나 수업계획을 설명하는 대신에 '마음 열기' 시간을 소박하게 가졌다. 연수를 받으며 자주 들었던 그 말을 아이들에게도 똑같이 해주었다.

"선생님이 가장 바라는 것은 우리가 만나는 교실이 서로에게 편하고 안전한 공간이 되는 것이에요."

교사들이 워크숍을 할 때, "이것을 하면 된다, 안 된다." 세세하게 정하지 않고, 누가 먼저 손을 들었다고 사탕을 주거나 발표 횟수로 점수를 주지 않는다. "집중의 박수를, 짝짝짝!" 하고 치지도 않는다.

수업에서도 교사가 아이들을 어른으로 대접하고 먼저 신뢰를 보여주고 싶었다. 이런 신뢰를 바탕으로 자기가 선택한 책을 함께 읽고 감상을 나누는 4명 내외의 독서 모둠으로 자리를 배치했다. 그리고 모둠활동에 진지하게 참여하고 서로의 배움에 책임감을 느끼도록 최소한 한 달 이상 함께 앉게 했다. 물론 모둠 구성이 만족스럽지 않은 아이도 있었지만, "누구와 앉더라도 배울 수 있는 사람, 먼저 옆 사람에게 말을 걸어주는 친구가 되어주세요."라고 부탁했다. 담임을 맡을 때 학급 아이들에게도 자주 하는 말이지만, "모두에게 친한 친구는 못 되어도 좋은 친구는 될 수 있어요."라고 강조했다.

그런 의미에서 강사님 한 분이 소개해 준 '딸을 위한 시'를 모둠에 한 장씩 나눠주고 느낀 점을 말하면서 첫 시간을 마무리했다. 시에서 '관찰'이란 단어를 비워놓고 어떤 단어가 들어갈지 추리해 보게 했는데, 정신 교육을 단단히 해서 그런지 아이들의 말과 행동 모두에서 기품이 넘쳤다. 친구가 엉뚱한 말을 하거나 아무 말을 하지 않아도, 비난하거나 재촉하지 않고 따뜻하게 감싸주었다.

이러한 과정을 거치면 모둠의 리더가 없어도, 모둠별 점수나 경쟁이 없어도 아이들이 스스로 배움의 문을 열고 들어올 수 있다. 물론 교사는 여기에 만족하지 않고 수업의 질을 높이기 위해 교육과정을 재구성하고 수업을 더 매력적으로 디자인해야 한다. 학기마다 시행착오를 하며 때로는 좌절하고 속으로 울음을 삼키는 순간이 많겠지만, 세상에서 '지금 옆에 있는 사람과의 관계'보다 중요한 것이 없다는 것을 아이들이 느낄 수 있도록 계속 노력하고 싶다.

딸을 위한 시

한 시인이 어린 딸에게 말했다.

착한 사람도, 공부 잘하는 사람도 다 말고

관찰을 잘하는 사람이 되라고

겨울 창가의 양파는 어떻게 뿌리를 내리며

사람은 언제 웃고, 언제 우는지를

오늘은 학교에 가서

도시락을 안 싸 온 아이가 누구인가를 살펴서

함께 나누어 먹으라고.

— 마종하, 시집 『활주로가 있는 밤』 중에서

친절할 때와 단호해야 할 때

혁신부장으로 일할 때 2학기의 첫 번째 교사 모임이 학년 수업 연구회가 되도록 일정을 짰다. 매년 하는 일정이었지만 개학이 다가오면 어떤 주제와 방식으로 선생님들이 이야기를 나누게 하면 좋을지, 항상 고민이었다.

가장 기억에 남는 주제는 '교사가 어떨 때 친절하고, 어떨 때 단호해야 할까?', '그 상황에서 교사는 어떤 말이나 행동을 하면 좋을까?'라는 두 가지 질문이다. 수업도 너무 많은 내용과 활동을 준비하면 오히려 깊이가 없어지고 교사가 의도한 대로 정답만 찾다가 밋밋하게 끝나기 쉽다. 그래서 교사 워크숍도 이 시기에 꼭 필요한 핵심 질문을 던지고, 선생님들이 여유 있게 토의하면 '무언가 의미 있는' 내용이 나올 것이라고 믿었다.

✖ 토의 주제: 교사의 친절함과 단호함의 경계 세우기

* 각자 포스트잇에 1번 질문에 대한 2~3개의 의견을 적어서 붙인 후 모둠에서 공유합니다.
* 1번 질문의 상황을 유목화한 후 2번 질문에 대한 구체적인 내용을 하나씩 협의합니다.(가장 중요한 상황 2~3개를 골라 집중적으로 협의해도 됩니다.)
* 협의가 끝나면 내용을 정리하여 적은 후 전체 공유합니다.

1. 교사가 어떨 때 친절하고 어떨 때 단호(엄격)해야 할까요? (수업과 학교 생활 전반의 구체적 상황을 적어주세요)	
친절할 때	단호할 때
2. 그 상황에서 교사는 어떤 말이나 행동을 하면 좋을까요? (학생을 '어떻게 도울까'의 관점으로 접근하기!^^;)	
친절할 때	단호할 때

그동안 학교의 문제 상황과 그것의 해결방안에 관한 토의를 많이 했기 때문에, 이번에는 교사에게 필요한 말과 행동을 구체적으로 정리해보기로 했다. 공부를 잘하든 못하든 대한민국의 고등학생으로 힘들게 살아가는 아이들에게 친절하게 다가가는 방법을 집단지성으로 모색하고 싶었다. 그리고 학생들이 알고 있지만 잘 지키지 않는 행동에 대해서는 교사들의 경계 세우기가 필요하다고 생각했다. 학교 공동체의 논의를 거쳐 만든 수업 규칙과 학생 생활 규정이 있지만, 잘 지켜지지 않은 것이 꽤 있었다. 그렇다고 새로운 규칙을 만들거나 처벌을 강하게 할 수만은 없어서, 역시 교사들의 공동 대응이 요구되었다.

2학기 첫 학년 수업 연구회는 교사들이 어떤 말과 행동으로 적절한 도움을 주고, 경계를 세워나갈 것인지를 토의해서 공유하는 의미 있는 자리가 되었다. 선생님들의 상황인식과 구체적인 말과 행동에 대한 제안이 차이 나기도 했지만, 그 속에 담긴 서로의 생각을 듣고 분임에서 나온 모든 말과 행동을 다 적어서 발표했다.

학교는 군대나 기업이 아니다. 그래서 학교의 철학이나 비전, 교육목표와 크게 어긋나지 않는다면 선생님들의 조금씩 다른 생각과 행동이 교육활동의 모습을 더 풍성하게 만들 수 있다고 생각한다. 그런 의미로 이번 워크숍의 주제에 '친절함과 엄격함' 두 가지를 함께 넣었고 엄격한 경계 세우기의 경우에도 학생의 문제 행동을 이해하고 돕는 관점에서 접근하도록 부탁했다.

우리나라 교육의 가장 큰 문제는 성급하게 하나의 정답을 정해서 교사와 학생들을 몰아붙이는 것이 아닐까? 학교마다 교사마다 다른 색깔로, 같은 곳을 바라보지만 저마다 다른 말과 행동으로 빛나는 존재가 되면 그것으로 충분하다.

예전에 아이들과 '우리 학급에 필요한 말과 행동'을 한 명씩 적어서 발표한 적이 있다. 발표를 마치고 나서 아이들이 적은 쪽지를 모두 모아서 교실 창문에 한 달간 붙여놓았다. 누군가 불쾌한 말을 하고 불필요한 행동을 할 때, 아이들에게 고개를 돌려 그 쪽지를 보라고 했다. 다시 읽어보면서 우리의 약속을 지키기 위해 노력해달라고 부탁했다.

교사와 학생, 학생과 학생 간의 긍정적인 관계 맺기가 일상적으로 일어나야 학교의 분위기가 긍정적으로 바뀐다. 그래서 학교 문화가 중요한 것이고, 문화는 말과 행동을 통해 드러나고 서로에게 스며든다. 학생과 교사들이 서로가 듣고 싶은 말과 보고 싶은 행동에 대해 마음을 모으고 실천에 옮기는 학교라면 '모든 것이 완벽한 학교는 못 되어도, 모두가 행복한 학교'가 될 수 있지 않을까?

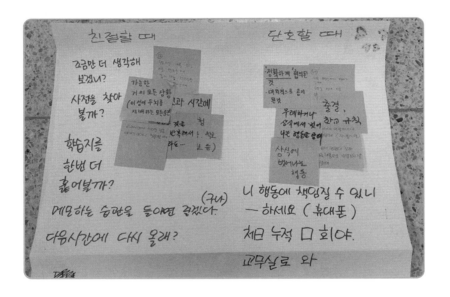

이번 생은 교사로 행복하게

9월

행복한 학교가 우리나라의 경쟁력

평등하니까 행복하고,

행복하니까 자기 능력을 더 발휘할 수 있다.

아이들의 행복한 학교생활이

우리나라의 진정한 경쟁력이 아닐까?

수업으로 만난 사이

유재석이 나오는 예능 〈일로 만난 사이〉를 재미있게 보면서 뜻밖에 감동도 얻었다. 차승원과 유재석의 짧은 대화가 공감도 많이 되고 정말 좋았다. 한여름 땡볕 아래서 같이 고구마를 캐며 속옷까지 젖을 정도로 일을 하다가, 점심을 맛있게 먹고 난 후에 잠깐 나누는 대화는 정말 꿀맛이었다.

유재석: 형은 꿈이 뭐야?

차승원: 나는 영화배우가 꿈은 아니었지. 나는 원래 적극적이지 않은 사람이야. 그렇다고 나태하지는 않지만….

유재석: 나도 뭐 2년밖에 안 남았지만 50살은 어때, 형?

차승원: 내가 원래 친한 사람도 손에 꼽잖아. 예능프로그램에서도 어색해

했지. 그런 게 나이가 드니 변하더라. 나이가 드니까 이제야 나 같다. 요즘 내가 나 같아.

그리고 차승원의 "너무 열심히 하지 않으려 한다. 영화 촬영팀에도 말했다. 그러면 스스로 옥죄게 된다."라는 말도 와닿았다. 유재석도 "맞다. 너무 열심히 하려고 하다가 안 되면 주변을 탓하게 된다."라고 맞장구를 쳤다.

교육 현장에서 일어나는 대부분의 문제는 짧은 시간 동안 하나의 해답을 찾을 수 없다고 생각한다. 학교에서 학생들이 일으키는 문제 행동도 명확한 해결책이 없어서 교육이 어렵고 힘든 것이다. 그런데 서둘러서 문제를 없애려고 하니 학생이나 학부모, 교사 모두에게 상처를 주고 끝나는 경우가 많다. 혁신학교 근무 전에는 위에서 지침이 내려왔고 혁신학교에 근무하면서는 토론회나 여론조사, 투표 등을 통해 해결방안을 결정해서 다 함께 실천하자고 다짐했다.

문제는 하나의 해결책이 위에서든 아래에서든 만들어지더라도 제대로 실행이 안 된다는 것이다. 그런 곳이 원래 학교인데, 그렇게 실행이 안되는 것이 또 다른 문제점이 되어 제2, 제3의 해결방안을 토의하는 상황이 되풀이된다. 잘못하면 교사들 사이만 나빠지고, 자기 일만 알아서 하는 불행한 결과를 낳을 수 있다.

교사토론회나 민주적 회의는 꼭 필요하지만, 군사작전처럼 일사불란하게 어떤 목표를 향해 교사들이 움직이게 만드는 것은 시대정신에도 맞지 않고 효용성도 없다. 특히 우리나라의 중학교, 고등학교에는 '너무 잘하려고 하지 않는 것', '완벽하게 하려고 하지 않는 것'이 필요하다.

수업 혁신도 마찬가지이다. 바쁜 일상에서도 '익숙한' 동료 교사의 '낯선' 수업을 참관하고, 허겁지겁 뛰어 들어온 수업 연구회에서 나누는 말 한마디 속에 신선한 배움과 깊은 울림이 담겨 있을 수 있다. 교실 안이든 밖이든 예상하지 못한 만남 속에 배움과 성찰이 있는 것이다.

〈일로 만난 사이〉에서 차승원과 유재석이 힘든 일을 마치고 잠깐 쉬면서 맛있는 음식을 나누고 진솔한 이야기를 나눴듯이 학교에서도 교사들이 '수업으로 만난 사이'가 됐으면 좋겠다. 바쁜 일상이지만, 그래서 더욱 동료와 나누는 진솔한 대화와 그 후에 오는 자신에 대한 성찰이 서서히 '나를 나 같이' 만들어 준다.

아이들의 이야기를 듣다 보면

나는 매년 '행복 수업'을 하고 있다. 외부에서 주입된 행복이 아니라, 아이들 스스로 행복을 정의하고 행복하게 살아가는 방법을 선택할 수 있는 경험의 한 페이지를 선물하고 싶어서이다.

가장 최근에 한 수업은 '행복은 어디에서 오는가?'를 주제로 했다. 예전에 쓰던 활동지를 그대로 사용하고 싶은 유혹이 있었지만, 새로 바뀐 독서 교과서의 지문으로 활동지를 다시 만들었다. 아이들이 "교과서도 좀 해요."라며 애교를 부리기도 했지만, 교과서에 있는 소설 『꾸뻬 씨의 행복 여행』을 함께 읽고 이야기를 나누게 하고 싶었다.

소설을 읽으며 아이들이 행복에 대한 생각을 나누는 활동도 의미 있었지만, 꾸뻬 씨가 여행을 통해 만든 '행복에 관한 배움 목록'을 비판해 보는 마지막 활동이 가장 인상적이었다.

꾸뻬 씨가 작성한 10가지 행복의 정의가 모든 사람이
공감할 수 있는 것인지, 문제점은 없는지 모둠에서 토의하고
자신의 생각을 적어 보자.

배움 1. 행복의 첫 번째 비밀은 자신을 다른 사람과 비교하지 않는 것이다.

배움 2. 행복은 때때로 뜻밖에 찾아온다.

배움 3. 많은 사람은 자신의 행복이 오직 미래에만 있다고 생각한다.

배움 4. 많은 사람은 더 큰 부자가 되고 더 중요한 사람이 되는 것이 행복이라고
생각한다.

배움 5. 행복은 알려지지 않은 아름다운 산속을 걷는 것이다.

배움 6. 행복을 목표로 여기는 것은 잘못된 생각이다.

배움 7. 행복은 좋아하는 사람과 함께 있는 것이다.

배움 8. 불행은 사랑하는 사람과 헤어지는 것이다.

배움 9. 행복은 자기 가족에게 아무것도 부족한 것이 없음을 아는 것이다.

배움 10. 행복은 자신이 좋아하는 일을 하는 것이다.

위의 활동지로 첫 번째 학급에서 토의 시간을 가졌는데, 모둠마다 분위기가 달라서 당황하게 되었다. 활발하게 이야기를 나누는 모둠은 소수였고, 대부분의 모둠은 몇 마디 나누지 않고 각자 활동지에 무언가를 적기만 했다.

문제는 활동지의 질문에 있었다. 아이들은 '모둠에서 토의하고'보다 그 뒤에 있는 '자신의 생각을 적어 보자'에 꽂혔고, 활동지의 빈칸을 다 채우

기 위해 서둘렀던 것이다.

　자유롭게 토의를 더 하라고 이야기했지만, 다양하고 깊이 있는 의견이 많이 나오지 않아 아쉬움을 남긴 채 수업을 마쳤다. 그래서 교무실로 돌아오자마자 아래처럼 질문을 바꿔서 다음 학급의 수업에 가지고 들어갔다.

꾸뻬가 작성한 행복 목록이 모든 사람이 공감할 수 있는 것인지, 문제점은 없는지 모둠에서 토의한 후 1~2가지를 골라 고쳐 쓰고 발표해 보자.

　'적어 보자.' 대신에 '고쳐 쓰고 발표해 보자.'로 바꾸었더니, 아이들의 태도가 달라졌다. 가장 문제점이 있는 행복 목록이 무엇인지에 대해 열심히 토의했고, 때로는 치열하게 자신의 주장을 펼치면서 친구를 설득하기도 했다.

　이렇게 질문을 조금 바꾸었을 뿐인데, 아이들 대부분이 돌아가며 자기할 말을 다 하는 것이 신기했다. 아마 '행복은 이런 것이다.', '인생은 이런 것이다.'라고 말하는 고상한 분들의 가르침에 그동안 쌓인 것들이 많았나보다. 활동지를 고치지 않았다면, 계속 아이들을 탓하면서 '민수 씨의 불행 목록'에 한 줄을 더 채웠을 것이라는 생각도 들었다.

　토론 프로그램을 참관하는 기분으로 아이들의 이야기를 듣다 보니 문득 행복해지는 순간이 많았다. '행복은 알려지지 않은 아름다운 산속을 걷는 것이다.'라는 꾸뻬 씨의 행복에 대한 정의를, '행복은 알려지지 않은 아름다운 것들을 느끼는 것이다.'라고 바꾼 모둠이 있어서 이유를 물어봤다. "등산을 싫어하는 사람도 있고, 걷고 싶어도 걷지 못하는 사람도 있어요. 그래서 모든 사람이 공감할 수 있게 고쳐봤어요."라고 대답했다.

또 '행복은 자기 가족에게 아무것도 부족한 것이 없음을 아는 것이다.'를 비판한 모둠도 있었다. '자기 가족만 바라본다면 진정으로 행복한 사람이 될 수 없다. 다른 가족에게 부족한 것이 있는지 살피고, 우리 가족이 가진 것을 조금이라도 나눠 주는 것이 진정한 행복이라고 생각한다.'라고 발표한 아이가 있었다. 노승을 만난 꾸뻬 씨처럼 나도 아이들의 이야기를 들으면서 큰 배움을 얻었다.

모둠활동을 설계하고 진행하는 과정은 품이 많이 들지만, 모둠활동을 그만둘 수 없는 매력적인 순간이 더 많이 찾아온다. 그래서 수업에서 복잡한 절차와 과제를 준비하는 것보다 '아이들의 이야기를 잔뜩 듣고 와야겠다.'라는 마음으로 가볍게 교실로 향하는 발걸음이 더 교사를 행복하게 만든다.

그래서 나는 이렇게 행복의 정의를 덧붙여 본다. '행복은 나보다 어린 사람의 이야기를 들으며 기대하지 않았던 배움을 얻는 것이다.'라고.

21세기 한국, 중국, 일본 교실 이야기

직업 때문인지 교사나 중고생이 주인공인 영화나 드라마, 다큐멘터리 중에 괜찮은 작품을 찾아보는 것이 취미가 되었다. 그런데 요즘 일본과 중국 작품을 보다 보면 한숨이 절로 나온다. 내가 학창 시절을 보낸 1980~90년대 학교와 너무 비슷하기 때문이다.

나는 역사가 오래된 남자 고등학교를 졸업했다. 달마다 있는 시험이 끝나면 선생님들은 전교생의 석차를 1등부터 꼴등까지 복도에 게시해 놓는 집념을 보여주셨다. 모든 과목을 다 잘하는 극소수 아이들 빼놓고는 틀린 개수에 따라 각자 엉덩이의 맷집을 테스트해야 했다.

선생님들은 수학·과학적 사고가 돌아가지 않는 슬픈 뇌를 가진 나 같은 학생들도 항상 눈을 부릅뜨고 칠판을 보게 만드는 무시무시한 물리력을 가지고 있었다. 선생님이 교실에 들어오셨는데 책상에 엎드려 있었다는 이유만으로 뒤통수를 맞기도 했고, 복도에서 장난을 쳤다고 "당장 무릎 꿇고 손들고 서 있어!"를 외치던 분도 있었다. 동시에 불가능한데 말이다.

최근의 일본과 중국의 학교가 이 정도는 아니지만, 억압적이고 획일적인 분위기는 나의 10대 시절의 학교와 비슷해서 기분이 묘하다. 분명 다 같은 21세기의 학교인데, 일본은 모두 똑같은 가방을 메고 신발을 신고 등교해서 반장의 구호에 맞춰 모든 아이가 일어나 교사에게 인사한다. 일 년 내내 시험 대형으로 앉아 강의식 수업을 듣고, 학교에 핸드폰을 아예 가져오지 못하고, 액세서리는 당연히 못 하고, 배가 고파도 매점이 없고, 복도에서 살금살금 걸어 다녀야 하는 학교도 많다고 한다.

중국은 더하다. 외모부터 입고 있는 교복이 아니면 군인인지, 학생인지 구별이 안 된다. 중국의 수능인 가오카오(高考) 하나만 바라보고, 각자 책상에 책을 머리 높이만큼 쌓아놓고 암기라는 무기만 쥐고 돌격하고 있다. 학생 인권과 개성 존중, 학교 민주주의가 비집고 들어갈 분위기가 아니다. 교실 자리도 앞줄부터 성적순으로 앉고, 시험이 끝나면 다시 성적에 따라 책상을 들고 이동한다.

가오카오를 앞두고 열리는 출정식 장면만 봐도 아주 무섭다. 학교에서 공부를 못 하는 아이들은 대역죄인 취급을 받을 것 같다. 예체능 학교도 군사훈련을 시키듯, 소수의 엘리트 육성에만 열심이다.

두 나라의 학교가 이런 까닭은, 도쿄대와 베이징대 같은 명문대를 많이 보내기 위해서이다. 그러나 명문대를 많이 보내기 위한 입시 위주 시험공부가, 오히려 국가 경쟁력에도 도움이 안 되는 모양이다. 상위권 학생들이 창의력을 기를 기회를 막고, 다른 학생들이 공부 이외의 영역에서 잠재력을 발휘할 기회도 뺏어간다.

그래서인지 모르겠지만, 2021년에 발표한 '글로벌 혁신 지수'에서 우리나라가 일본과 중국에 크게 앞선 세계 5위를 했다고 한다. 특히 인적 자본·연구 분야에서 3년 연속 세계 1위를 기록했다. 국내 총생산(GDP) 대비 특허와 디자인 출원, 인구 대비 연구원 수, 하이테크 수출 비중, 전자 정부 온라인 참여 등에서 순위 향상이 일본과 중국에 앞선 결과라고 한다.

우리나라의 학교가 아직 개선할 점이 많지만, 이웃 나라보다는 더 자유롭고 평등하며 민주적인 곳으로 바뀌고 있는 것이 분명하다. 혁신학교가 생기면서 불과 10년 사이에 많은 것들이 변했다. 어른들은 아직도 대학 이름과 숫자로 표시되는 학력 향상에 목을 매지만, 아이들은 갈수록 외부의 시선으로부터 자유로워지고 있고 저마다 인격과 개성을 존중받으면서 꿈을 키워가고 있다.

목걸이와 귀걸이를 하고 화장을 진하게 한 학생도 친구들과 어울려 모둠활동을 하고, 선생님과 웃으면서 대화한다. 서로 편견을 갖지 않고 서로를 이해하고 배려할 기회가 많다. 평등하니까 행복하고, 행복하니까 자존감을 잃지 않고 자기 능력을 더 발휘할 수 있다. 우리나라가 진짜 선진국이 되어 가고 있다고 느낀다. 아이들의 행복한 학교생활이 우리의 진짜 경쟁력이 아닐까?

구름을 읽었어요

가을 하늘이 가장 높고 맑은 날

야외 수업을 하겠다는 약속을

문학 선생님이 지키셨어요.

지필 평가가 끝난 첫 시간에 환호성을 지르며

우르르 계단을 굴러 내려간 아이들이

운동장에 큰대자로 누웠어요.

커다란 구름이 아이들 눈동자 사이로 흘렀어요.

오늘 태어난 아기 구름도 기어 다녔어요.

단 한순간도 똑같은 모습으로 멈춰 있는 구름이 없다는 걸

오늘 확실하게 알았지요.

길쭉한 녀석, 넙데데한 녀석, 단단한 녀석, 물렁물렁한 녀석들이

하늘에서 우리를 구경하고 있네요.

"구름을 보니 무슨 생각이 드니?" 하고

민수샘이 물어보니까

호빵을 먹고 싶다는 친구가 있네요.

엄마의 품이 그립다는 친구가 있네요.

첫사랑 소녀의 목덜미가 보인다는 친구가 있네요.

구름 보는 태도도 점수에 반영하냐고 묻는 친구가 있네요.

벌써 잠에 빠진 친구도 있네요.

하늘에서 내려온 서른 개의 구름이

서로를 보고 웃고 있고

선생님의 얼굴에도 환한 뭉게구름이 피어났어요.

인생을 걸 만큼 가치 있는 일

나이 어린 벗들과 함께 시간을 보내며

놀아주고 이야기를 들어주고 도움을 주는 것,

그것이 교사의 소명이 아닐까?

고등학교 교사로 산다는 것

10월 초의 어느 날, 밀린 업무를 처리하고 나니 저녁 9시가 다 되어 갔다. 캄캄한 주차장에서 차를 타려는데 학교 건물 5층의 모든 전등이 환하게 켜 있었다. 전쟁 같은 수시 원서접수와 자기소개서 지도, 추천서 제출이 끝났지만 고3 담당 선생님들이 모의 면접 지도를 위해 밝힌 불빛이었다.

점심시간 급식실에서 보게 되는 고3 담임 선생님들의 초췌한 얼굴도 떠올랐다. 작년까지 2년간 가르쳤던 고3 아이들이 더욱 의젓해진 모습도 생각났다.

그날 밤 집에서 침대에 편하게 누워 교육 관련 책을 읽다가 '교직은 인생을 걸 만큼 가치 있는 일이다.'라는 함석헌 선생님의 말씀 한 구절이 나를 일으켜 세웠다. 그래서 컴퓨터를 켜고 '고등학교 교사'를 제목으로 짧은 글을 적었다. 모든 교직 생활을 고등학교에서 했고, 30대 대부분을 고 3 담임으로 보낸 나에게도 의미 있는 글을 쓰고 싶었다.

　깊은 밤에 적은 글이라 밝은 낮에 보면 부끄럽겠지만, 기회를 봐서 우리 학교 선생님들에게 메신저로 보내고 싶다. 그리고 대한민국의 모든 고등학교 선생님에게도 바치고 싶다고 생각했다.

　고등학교 선생님

　열일곱 열여덟 열아홉
　가장 찬란하며 그래서 가장 비참하기도 한
　생명들 사이에서
　오르막길과 내리막길 그 모든 길 위에서
　함께 흔들리며 흔들어 깨우며
　아이들의 인생에서 가장 위태로운 곳
　히말라야를 넘는 버스의 운전대를 놓지 않는 사람들
　기어이 산맥을 넘겨주는 사람들
　모든 아이에게 평등한 스무 살의 아침 해를
　보게 하는 사람들
　그 환한 모습을 멀리서 바라보다,
　터덜터덜 오솔길로 내려가는 사람들

- "교직은 인생을 걸 만큼 가치 있는 일이다."

함석헌 선생님의 말씀을 떠올리며

올해 이 학급 수업은 망했어요

　20대의 자조적인 푸념인 '이생망(이번 생은 망했어)'만큼 절실하진 않지만, 해마다 10월쯤 되면 '이수망(이번 해 수업은 망했어)', 혹은 '이학망(이번 해 이 학급 수업은 망했어)'이 떠오르는 건 어쩔 수 없다. 그래서 올해 남아 있는 수업일수가 얼마 없지만, 새 출발을 하고 싶은 마음이 들기도 한다.

　'이학망'을 되뇌게 만드는 학급의 공통점은 무엇일까? 학습 의지가 없는 무기력한 학생과 수업을 방해하는 무례한 학생이 많고, 학생 간의 학력 차이도 크면서 서로 관심이 없거나 심한 경우 사이가 안 좋은 경우일 것이다.

　이렇게 힘든 학급도 3, 4월에는 희망이 보였는데 왜 이렇게 무너지는 아이들이 많아졌을까, 고민이 된다. 그 학급의 문제를 나만 겪는 것은 아니지만, 배움의 공동체 수업을 실천하기 시작하면서 거리를 두었던 '협력하게 만드는 장치'에 대한 유혹을 느끼기도 한다. 경청과 협력의 자세가 부족한 아이들이 많은데 언제까지 자발성을 기대해야 하는가, 아무리 수업 준비를 많이 해와도 아예 눈을 뜨지 않거나, 옆의 친구와 말을 섞지 않는다면 무슨 소용이 있을까, 하는 상념들이 지나간다.

그래서 도서관에 내려가 새로 나온 수업 관련 책들을 훑어보았다. 그 중에서 시선을 잡는 구절이 있었다. '학습 과정에 있어서 집단 속에 자신을 감추는 일이 없도록 조장, 발표자, 기록자, 도우미 등의 구체적인 역할을 제시하고 그에 대한 책임을 엄격하게 물어야 한다.'라는 내용이었다. 또 '모둠별로 협력 과제를 수행할 때는 각 모둠원의 역할 기여도를 평가해서 가중치를 두어 점수를 달리 주면 불만이 사라진다.'라는 내용도 눈에 띄었다.

교무실로 돌아와 나에게 물어보았다. '이런 방법을 사용했다면 그 학급에서 모둠활동이 잘 되었을까? 자는 아이가 깨어나고 서로의 말을 경청하고 친절하게 서로 묻고 답하면서 협력했을까?'라고.

그러다가 학교 안팎의 교사 워크숍이나 연수 장면이 떠올랐다. 그곳에서는 "선생님들! 모둠에서 역할을 정해줄게요. 자기 역할을 제대로 하지 않으면 벌칙이 있어요. 정해진 시간 내에 마쳐야 하고 잘한 모둠은 보상이 있어요."라고 요구하지 않았다. 이런 장치가 없어도, 아니 없어서인지 더 편안한 분위기 속에서 대화가 시작되고 토의가 깊어졌다.

아직 미숙한 학습자이고 객관적으로 평가를 해야 하는 상황이기 때문에 수업에서 모둠활동을 위한 장치가 필요할 때도 있겠지만, 1년 내내 사용한다면 교사가 먼저 지칠 수 있다. 선의의 경쟁도 경쟁이고, 적당한 보상도 보상이기 때문이다. 그리고 한 번 정해진 모둠 내 역할은 고정되기 쉽고 무임승차나 활동을 방해하는 아이들이 생기면 더 엄격한 규칙을 새로 만들어야 하는 경우도 생긴다.

그래서 나는 아이들을 성숙한 학습자로 인정하고 먼저 믿음을 보여주고 싶다. 배움의 공동체 연수에서 손우정 교수님도 중학교 고학년이나 고등학생이 되면 협력의 가치를 알고 있다고 했다. 그래서 중요한 것은 말로 하는 설명이 아니라, 교사의 경청과 겸손한 자세이고 매력적인 주제를 던지고 수준 높은 배움으로 이끄는 수업 디자인이라고 강조했다.

모둠 내에서 각자 자기 과제를 하지만, 옆의 친구에게 편하게 물어볼 수 있는 분위기를 위해 멘토-멘티를 항상 정하지 않아도 된다. 모둠활동을 함께 하지만 평가는 발표, 활동지, 글쓰기 등을 활용해서 개별적으로 하면 된다. 또 점프과제는 교과서 수준을 조금 뛰어넘는 것을 제시해서 성적 1등인 아이도 겸손하게 친구와 머리를 맞댈 수 있게 하는 것도 필요하다. 수업이 어려운 학급에 들어가는 동료 교사와 함께 실천한다면 아이들이 더 빨리 변할 수 있다.

모둠활동을 할 때 어떤 아이에게는 숨을 곳이 필요하다. 다른 사람에게는 말하기 힘든 아픔을 겪고 있는 아이일수록 그렇다. 3~4명 정도인 모둠에서 역할을 정할 때 억지로 단순한 역할을 맡게 하는 것보다 사회자, 기록자 정도만 정해서 일단 활동을 시작하면 어떨까? 어떤 아이가 집중하지 못하고 다른 아이들과 떨어져 앉아있어도, 교사가 다가가서 "다른 친구들의 이야기를 들어볼래? 네 생각은 어떠니? 이거 읽어봤니?" 하고 조심스럽게 말을 걸고 기다리는 것이 좋다. 그러면 다른 아이들도 그런 교사를 보고 친구의 상황을 이해하고 진심으로 도와주려는 마음이 생길 수 있다.

모둠활동을 하면 할수록 아이들을 더 꼼꼼하게 관찰해서 서로 연결해 주는 역할을 제대로 하지 못했다는 생각이 든다. 다른 교사나 아이들은 몰라도 부족한 점을 나는 알고 있다. 그래서 모둠활동을 디자인하고 실행하고 성찰하는 과정은 교사에게 철학이고 예술이 될 수 있다. 끝이 확실하게 보이지 않지만, 아름답게 걸어가고 싶은 길이다.

행복은 소명에 응답하는 것

2학기 1차 지필고사가 끝나고 영화 〈꾸뻬 씨의 행복 여행〉의 일부를 함께 봤다. '행복은 어디에서 오는가?'를 주제로 한 수행평가는 끝났지만, 배움은 계속되길 바라면서 함께 보기로 했다. 끝까지 집중해서 보는 아이들이 많지 않아 슬펐지만, 진지한 표정으로 몰입해서 보는 아이들에게 고마움을 느꼈다.

영화의 주인공인 정신과 의사 헥터가 아프리카에서 의료 봉사를 하는 의사 친구를 찾아가는 장면에서, 행복의 여덟 번째 정의가 나온다.

8. HAPPINESS IS ANSWERING YOUR CALLING.(행복은 소명에 응답하는 것)

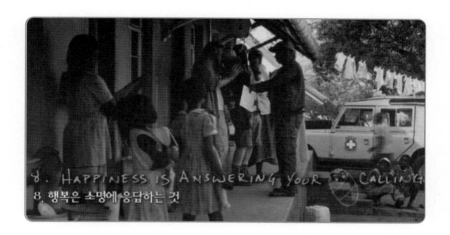

나는 교직을 소명 의식을 가지고 시작한 것도 아니고 아직 천직이라고 느끼기엔 부족한 점이 많지만, 이 장면은 울림이 있었다. 영화에서 본 헥터의 친구도 그랬고, 〈울지마 톤즈〉에서 봤던 고 이태석 신부님의 모습도 무척이나 편안하고 즐거워 보였다. 대단한 사명감과 목적을 가지고 아프리카에서 진지하게 봉사하는 모습이 아니라, 그 자리에서 그곳에 사는 사람들과 함께한다는 것 자체가 좋아 보였다.

그래서 나를 교사라는 직업으로 부른 것이 무엇이었나, 잠시 생각해 보았다. 고3 때 어떤 학과에 지원할지 고민하다가, 국어국문학과에 가면 '넥타이를 매지 않아도 되는 직업'을 선택할 수 있을 것 같아서 결정하게 되었다. 복잡한 결재 라인과 상사의 호통, 서류뭉치에 둘러싸여 머리를 쥐어뜯고 있는 뻔한 회사 생활만큼은 피하고 싶었나 보다. 왜 그랬을까?

나는 아주 어릴 때부터 나보다 나이 많은 사람들과 함께 있는 것이 유독 싫었다. 친척 집에 가는 것도 싫었고, 잘못한 것이 없어도 학교에서 선생님이 내 이름을 부르면 심장이 펌프질을 마구 해댔다. 대학에 가서도 교수님, 선배님과 함께 있는 자리는 빨리 피하고 싶었다. 소심한 성격에 자존감도 낮아서 그랬나 보다.

그런데 대학 2학년이 되고 후배들이 생기니까, 학교생활이 훨씬 재미있어졌다. 문학 동아리, 학생회 활동을 하며 후배들에게 썰을 풀고, 술먹이고, 놀리고 하는 것에 두각을 나타냈다. 농촌봉사활동을 하면서도, 청년회나 부녀회 분들 앞에선 바보처럼 가만히 앉아있었지만, 중고생 아이들 앞에서는 신나게 떠들었다.

대학을 졸업하고 돌고 돌아서 교육대학원에서 교직을 이수하면서, 처음으로 작은 학원에서 예비 중학교 1학년 까까머리 아이들을 가르칠 기회가 있었다. 참 귀여운 아이들이었고, 공부보다 같이 눈싸움도 하고 간식도 먹으면서 놀아주었다. 그래서 두 달 만에 잘리긴 했지만….

교직 생활 20년이 넘은 지금은, '나보다 나이 어린 사람들과 함께 시간을 보내며 놀아주고 이야기를 들어주고 도움을 주는 것'이 나의 소명이라는 생각이 든다. 아이들이 밝은 목소리로 "선생님!" 하고 부르면 참 마음이 편해진다. "민수쌤!" 하고 웃어주면 살맛이 난다. 나이가 들수록 아이들에게 장난을 치고 싶고, 담임을 맡아서 아이들과 상담할 때면 30분, 1시간이 금방 지나간다. 아이들이 다 다르고, 때로는 황당하고 신기해서 '세상에 이런 학생이'를 보는 듯한 재미가 있다.

학창 시절에 부반장 한번 못 해봤는데, 교실에서는 내가 골목대장이니까 좋다. 배우는 속도가 늦거나 친구들과 관계 맺기가 어려운 아이가 있으면, 마음속으로 '깍두기'라고 정하고 도와줄 수 있어 다행이다. 경력이 쌓일수록 선배와 대장 노릇을 잘하기 위해 아이들의 부름에 제대로 응답하고 싶다.

같은 이야기, 다 다른 아이들

해마다 비슷한 이야기를 하지만

아이들의 이름은 바뀌는 것,

그것이 학교 평가가 아닐까?

동아리 활동은 계속되어야 한다

그동안 나는 창체(창의적 체험활동) 동아리를 맡으면 주로 교육 문제를 주제로 아이들의 신청을 받았다. '교육문제 탐구반'을 맡아서 진행하던 해에 수능을 앞두고 독서토론을 했던 동아리 시간이 가장 기억에 남는다.

『우리 교육 100문 100답』을 읽고 '월드카페' 식으로 독서토론을 진행했다. 먼저 종이에 각자 토의하고 싶은 주제를 질문 형식으로 하나씩 적고, 아래에 제안하는 이유도 덧붙이게 했다. 그 후에 모두 앞에 나와서 종이를 붙이고, 스티커로 투표하게 해서 4개의 주제를 선정했다. 그 주제를 적은 학생이 호스트가 되어서 자리를 지키고, 다른 학생들은 모둠별로 이동하며 대화를 이어가는 방식이다.

월드카페 진행방법

1. 질문 선정 : 월드카페의 주제는 질문으로 표현된다.
2. 테이블 배치 : 보통 4~6명 정도가 한 테이블에 앉을 수 있도록 배치한다.
3. 테이블 호스트 선정 : 테이블별로 1명
4. 대화의 진행 : 테이블별로 주제에 맞는 대화를 한다.
5. 테이블 이동 : 시간이 되면 호스트만 남고 나머지 참가자들은 다음 테이블로 이동한다.
6. 지속적인 대화 전개 : 테이블 이동이 완료되면 호스트는 짤막하게 앞선 테이블 대화내용을 2~3분 정도 내에서 소개하고 다시 대화를 이어간다.
7. 전체 공유 : 모든 테이블 대화가 끝났으면 전체 내용을 공유한다.

그런데 하다 보니 호스트 4명 중의 3명이 고3 학생이었다. 이제 곧 무엇이든 귀찮아하는 '수능 끝난 고3'이 될 아이들인데도, 처음에 당황하는 모습과는 달리 호스트 역할을 멋지게 해냈다. 평소에 모둠활동을 주도하거나 발표를 자주 하는 아이들이 아니라서 대견했다.

대학입시라는 외롭고 힘든 길을 걷고 있는 고3 아이들이라 우리나라 교육에 대해 하고 싶은 말들이 많았을 것이다. 그래도 고등학교 마지막 동아리 활동에서 중요한 역할을 맡아서 다행이었다. 2주 앞으로 다가온 수능에 상관없이 후배들과 함께 의미 있는 시간을 보낼 수 있게 하는 것, 그것이 바로 동아리 활동의 힘이다.

고3 아이들이 쓴 소감문을 읽으면서 더욱 확실해진 것이 있다. 고등학교에서 동아리 활동은 어떤 일이 있어도 계속되어야 한다는 것이다.

"내가 생전 19년 인생 처음으로 사회자! 즉 호스트가 되었다. 정말 놀라운 일이다."

"오늘 내가 호스트가 되었는데 놀라웠다. '학교는 왜 이렇게 무능한가'를 주제로 돌아가면서 여러 의견이 나왔는데 학교폭력과 입시제도에 관한 이야기가 많이 나왔다. 학교는 학교폭력 문제에 더욱더 관심을 가져야 할 것 같고, 학생마다 하고 싶은 게 다르니까 입시제도도 바뀌었으면 좋겠다."

그런데 앞으로 정시 모집인원이 증가하고 수능 비중이 높아진다면, 10여 년 전처럼 고3 동아리 시간은 자습 시간으로 변할 것이다. 학생들의 지성, 인성, 사회성을 균형적으로 발전시켜야 하는 교육의 본질과 학교의 역할에 대한 성찰과 토론은 사라지고, '대학입시 과정의 공정성'이라는 수단적 도구가 교육에 관한 모든 논의를 지배하고 있는 현실이 참 답답하고 우울할 뿐이다.

학교평가는 원래 같은 이야기를 반복하는 것

학교도 11월이 되면 1년을 돌아보는 평가를 시작한다. 교원 능력평가를 통해 학생과 학부모가 교사를 평가하고, 교사들은 상호평가를 한다. 또 자체적인 학교평가도 진행한다. 혁신학교의 평가라고 해서 크게 다르지 않지만, 좀 더 역동적이다. 성과도 공유하지만, 개선하거나 폐지할 것에 관해서도 토론한다.

평가를 위한 토론이 끝나면 부서 체계를 바꾸기도 하고 교육활동의 방식이나 영역을 수정한다. 그러나 가장 뜨거운 주제는 매년 학생 생활교육이다. 여러 가지 지도 방법을 동원해도 모든 학생의 생활 태도가 뚜렷하게 좋아지지 않는다. 교사토론회에서도 "매년 그 얘기가 그 얘기다. 같은 내용을 맴돈다."라는 의견이 많이 나온다.

그런데 학교는 원래 그런 곳이라는 생각이 든다. 예를 들어 이런 식으

로 매년 평가가 이루어지고, 다음 연도의 목표를 향해 진군한다면 학교
는 어떻게 될까?

"올해 우리 학교에서 수업 시간에 계속 자는 아이들이 작년에 비해
28명이 줄었습니다. 그리고 교사에게 대들었던 학생 중 90%가 학교를
떠났고 흡연하는 학생도 50%가 줄었습니다. 내년에는 자는 아이들은
10명 이하로 줄이고, 대드는 학생과 흡연하는 학생은 제로를 목표로 하
겠습니다."

학교는 매년 교사도 바뀌고 교장 선생님이 새로 오는 경우도 있다. 더
불어 세상도, 교과서도, 수업이나 평가 방식도 바뀐다. 우리의 주인공인
학생들은 어떤가? 학생의 변화는 예측하기 어렵고 변화의 방향도 일정
하지 않다.

아이들은 저마다 좋은 쪽이든 나쁜 쪽이든 예상할 수 없을 정도로 빨
리 변하기도 하고 지독하게 변하지 않기도 한다. 그렇다고 미국 대도시
의 어떤 공립학교처럼 학교에 일찍 오거나 성적이 오른 학생에게 현금을
주면서 행동 변화를 유도할 수 없다. 과거로 돌아가 학교를 군대식으로
운영할 수도 없다.

그래서 학교평가에서 생활교육을 논의할 때는 긴 호흡으로 학생들을
바라보고, 기본적인 절차는 지키되 '변화와 성장 가능성이 있는 아이들'

과의 만남이라는 관점으로 접근했으면 한다. "우리 학교 아이들은 말이에요." 하면서 학생 전체에 대해 진단하고 대책을 내놓지 않는 것이다. 당장 다른 학생들이나 교사에게 주는 피해가 심각하지 않다면 쭉 해오던 교육활동을 더 내실 있게 진행하는 것이 필요하다. 그 과정에서 수치로 나타나는 결과보다는 생활지도의 과정을 깊이 있게 성찰하면 좋겠다. 중요한 것은 학생의 성장을 중심으로 평가하는 것이다.

고대 이집트인들이 남긴 '요즘 젊은 애들은 버릇이 없다.'라는 기록처럼 아이들의 '버릇 고치기'는 인류의 영원한 숙제이다. 학교는 버릇을 완전히 고치는 곳이 아니라 왜 그런 버릇이 생겼고 잘 고쳐지지 않는지를 같이 고민하며 고칠 수 있게 도와주는 곳이다.

학생 생활교육에 관해 평가할 때면 늘 비슷한 이야기가 나오지만 확실하게 달라지는 게 있다. 선생님들 사이에서 이름이 자주 거론되는 아이의 이름이다. 졸업한 아이 대신에 새로 입학한 아이가 화제가 된다. 한 학년 올라가서 문제를 일으키는 아이도 집중 연구 대상이 된다. 서로 다른 이름처럼 한 명 한 명의 배움과 성장의 과정은 똑같지 않다. 작년과 크게 다르지 않은 이야기를 나누지만 아이들의 이름이 바뀌는 것, 그것이 한 해 동안의 생활교육이다. 어쩌면 이것이 최선의 생활교육이 아닐까?

어떤 아이와 밥을 먹을까

11월쯤 되면 가르치는 아이들이 어떤 성향인지 알 수 있다. 무엇이든 열심히 하는 아이들은 3월부터 거의 변함이 없지만, 어떤 것이든 열심히 하지 않으려고 최선을 다하는 아이들도 대체로 그대로이다. 학년 초와 비교해서 눈에 띄게 태도가 달라지는 아이는 한 학급에 2~3명 정도인데, 좋은 쪽이든 안 좋은 쪽이든 그 이유가 궁금하기도 하다.

이렇게 다채로운 아이 중에도 유독 대화를 나누며 격려해 주고 싶은 아이가 몇 명은 있다. 그래서 혁신부에서 제안하여 학교 차원의 사제동행 프로그램을 진행하게 되었다. 희망 교사 한 명이 두세 명 정도 학생과 간식이나 밥을 먹으며 진로나 학업에 관한 멘토링을 할 때 비용을 지원해 주었다.

처음 시도했던 2018년에는 주로 담임을 맡고 있는 선생님이 학급의 학생들과 사제동행을 신청했다. 방과 후에 함께 밥을 먹으며 이런저런 이야기를 나누기 때문에, 학교 이름을 따서 '삼계한끼'로 불렀고 가장 말썽꾸러기 학생들을 대상으로 했다.

2019년에는 '말없이 열심히 하는 학생, 소극적이지만 성실한 학생'으로 대상을 넓혀서 진행했다. 작년에 사제동행을 했던 아이들이 별로 달라지지 않고 더 속을 썩이는 아이도 있다는 의견이 나와서였다. 나는 담임이 아니라서 그런지 몰라도 여전히 졸업이 목표인 아이들과, 가끔 수업에 들어가면 빈자리가 눈에 띄어서 어디서 무엇을 하고 있을지 궁금한 아이들에게 마음이 더 갔다.

그래서 2학기 지필고사가 끝나고 고2 남학생 3명과 방과 후에 저녁을 먹기로 했다. 수업 들어가는 학급에서 한 명씩 선택했는데, 세 명 다 2년째 국어 수업에서 만나고 있지만 필통도 없고 싫은 소리를 해야 슬로 모션으로 교과서를 펴는 녀석들이었다.

아이들이 정한 메뉴인 순댓국을 먹으면서 나는 학교 밖에서라도 잔소리를 안 하려고 노력했다. 학교에서는 좀 버릇이 없을 때도 있었지만, 막상 식당에 가서 자리에 앉으니 내 수저를 먼저 챙겨주었다. 밥을 먹으면서도 아빠나 삼촌에게 이야기하듯 시시콜콜한 이야기를 늘어놓았다.

학교에서 지원해 줘서 밥을 같이 먹었지만, 편하게 수다를 떨었던 덕분인지 며칠 후에 아이들이 나에게 작은 선물을 주었다. 마지막 글쓰기 수행평가 때 3명 모두 글을 써서 제출한 것이다! 한 시간 내내 미간에 힘을 주고 고심해서 정해진 분량을 거의 다 채웠다. 글쓰기 주제는 '나는 어떤 스무 살이 될 것인가'였는데, 모두 자신의 고민을 솔직하게 적어줘서 기뻤다.

무슨 '순댓국 결의'를 맺은 것도 아닌데 아이들은 의리를 지켜줬다. 내년 고3 때 직업 위탁교육을 가게 된 아이는 글을 제출하면서 "선생님, 2학기 들어서 처음 펜을 잡아봤네요." 하고 생색을 냈다. 경찰특공대가 되고 싶다는 아이는 '나는 수행평가를 위해서보다는 제 생각을 알려드리고 싶어서 이렇게 써봤다.'라고 글을 끝냈다. 그래서 다음 날 글쓰기 평가지를 돌려주며, "정말 잘 읽었다. 경찰특공대 아저씨."라고 했더니 입이 귀에 걸리면서 좋아했다. 다른 아이에게도 "열심히 써줘서 고마웠어. 순댓국 먹기를 잘했네."라고 말해줬다.

아이들과 만나면서 때론 깜깜한 물속의 작은 그릇에 의미 없이 동전을 던지는 기분이 들기도 하지만, 때론 한두 개의 동전이 그릇에 닿아서 딸랑하는 소리를 듣는 때도 있다. 나의 소박한 소원을 들어주는 것은 역시 아이들이다. '누구와 밥을 먹을 것인가?', 아니 '누구와 잠깐이라도 편하게 얘기를 나눠볼까?'라는 즐거운 고민을 더 많이 하고 싶은 늦가을이다.

살아있음이 고마운 겨울의 시작

함께 소통하고 어울리는 기분 좋은 흥분 속에서

'내가 살아있음'을 제대로 느낄 수 있다.

학교를 떠난 아이의 글을 읽다가

아이는 떠났지만 글은 남았다.

글쓰기 수행평가를 돌려주다가

그 아이의 이름만 다시 돌아왔다.

꾹꾹 눌러쓴 한 글자 한 글자가

감옥에 갇힌 죄수들처럼 답답해 보였다.

내가 빨간 펜으로 밑줄 친 문장들을 다시 읽어 보았다.

'나에게 행복이란 무엇인가?

모든 일정을 마치고 집에 가고 있을 때…

이것은 나에게 주어진 행복,

또는 주어진 불행이라고 생각한다.

타인의 희생을 생각한다면 그것이 진짜 행복이라 할 수 있을까?

나에게 온전히 주어진 즐거움이기 때문에 행복인 것이다….'

생각이 참 많았던 아이는

학교 밖에서 다른 생각을 하기로 했나 보다.

사정이 있겠지만 마지막 인사를 하지 못했다.

대신 교실의 빈자리를 보며 이렇게 속삭였다.

생각이 많은 너의 모습

그게 정말 너야.

어디서든

행복하길….

긍정 에너지를 넘치게 하는 방법

30대가 되면서 니코틴을 떠나보냈고 40대가 되면서는 카페인도 줄였는데, 이제는 가장 가까운 친구였던 알코올마저 멀리해야 할 시기가 가까이 오고 있다.

사실 나는 어릴 때부터 부끄러움이 많았고 혼자 노는 것이 편했던 내성적인 성격이었다. 그래서 20대 때는 혼자 카페나 방에 틀어박혀 몸에 안 좋은 담배를 벗 삼아 시를 쓰다 보니 '병약한 시인 나부랭이'라고 불리기도 했다. 교사가 되고 나서 담배는 끊었지만, 일찍 출근해서 아무도 없는 교무실에 앉아 커피를 마시며 불안한 마음을 달래곤 했다. 몸과 마음이 힘든 날이면 주위 선생님들에게, "저 오늘 막 살래요." 하면서 커피 믹스 봉지를 연달아 뜯었다. 퇴근 후에 마트에 들리면 항상 주류 코너로 직행했다. 집에 와서 혼자 술을 마시며 학교에서 안 좋았던 기억을 씻어내기 위해서였다.

　그런데 혁신학교에 오게 된 후로는 생활이 좀 달라졌다. 학교 선생님들과 어울릴 때는 대학에 처음 입학해서 MT 가고 학생회나 동아리에서 놀 때만큼 신났다. 커피나 술을 혼자 즐겨도 좋지만 여럿이 함께 하면 더욱 맛이 좋은 것처럼, 학교에서 동료 선생님과 이야기하고 배우고 놀면서 자연스럽게 인정과 칭찬을 주고받는 그 맛이 좋았다. 인정과 칭찬은 우리에게 '긍정 에너지'를 넣어줘서 활력을 되찾게 해준다. 친구들과 즐겁게 지낼 때와 마찬가지로 학교에서도 우리가 살아있음을 느끼게 해준다.

　나 역시 혁신부장이 되어 수업 연구회나 워크숍을 준비하며 '잘 될까, 괜히 상처받는 게 아닐까?' 하는 걱정과 두려움 때문에 아드레날린이 나오기도 했지만, 함께 소통하고 어울리는 기분 좋은 흥분감 속에서 '살아있음'을 제대로 느낄 수 있었다.

　12월이 되면 성적 처리와 학생부 기록을 마무리하느라 노트북의 노예가 되고, 제대를 앞둔 말년 병장처럼 말 안 듣는 아이들 때문에 스트레스를 많이 받는다. 시험이 끝나도 체험학습이나 축제를 준비해야 한다. 그럴수록 같은 부서, 학년, 교과 선생님들과 맛있는 음식도 먹고, 커피나 차를 나누며 이야기로 스트레스를 풀면 좋겠다. 한 해를 돌아보며 서로 격려하고 마음속 이야기를 나누는 당일치기 여행도 좋고, 선생님들의 분위기가 괜찮다면 조금 멀리 교직원 워크숍을 떠나는 것도 좋다.

　그리고 수업하는 반이나 담임 반 아이들과도 '1년을 돌아보는 시간'을 가졌으면 한다. 아이들에게 기억에 남는 장면이나 자신이 배우고 성장한 과정을 설문으로 받아 공유하는 시간도 괜찮고, 그냥 둥글게 앉아서 편하게 돌아가면서 함께 1년을 보낸 소감을 이야기해도 따뜻한 시간이 될 것이다.

이 시기 업무로 찌든 교사의 에너지 충전을 위해서는 학급 단합대회를 추천한다. 같이 준비하고 진행할 아이들을 섭외하면 부담이 줄 것이다. 모둠 대항 공기놀이와 윷놀이 대회도 좋고, TV 예능프로그램에서 자주 하는 '인물 퀴즈, 몸으로 말해요, 네 글자 단어 이어 말하기' 등을 해보면 교사가 제일 많이 웃게 된다. 나도 1년간 수업했던 아이들과 간식 세트를 상품으로 걸고 단합대회를 했을 때가 12월 중에 가장 행복한 시간이었다.

이렇게 곧 헤어질 친구들과 마지막 추억을 만들고 나서 롤링 페이퍼를 주면 더 정성껏 쓰지 않을까? 겨울방학을 앞둔 아이들의 참여를 끌어내는 것이 쉽지 않겠지만, 교사가 진심으로 다가간다면 기대하지 않았던 공감과 감동을 얻을 수 있다.

12월에는 카페인, 알코올보다 긍정 에너지와 친해지면 어떨까? 한 해를 보내며 주위 사람들과 대화하고, 함께 놀고, 맛있는 음식을 즐기면서 내뿜게 되는 긍정 에너지가 역시 최고다.

나의 비밀 친구가 되어라

지금까지 학교에서 동료들과 함께 일하며 가장 행복했던 기억은 '교직원 마니또'이다. 마니또, 즉 비밀 친구는 제비뽑기로 선정된 상대방에게 자신의 정체를 숨기고 편지나 선물, 선행 등을 제공하는 사람을 말한다. 아이들은 초등학교 때부터 학급 친목 행사로 많이 해봐서 친숙하지만, 흥덕고에 오기 전까지 전체 교직원과 함께하는 마니또는 상상하지 못했다.

흥덕고에 와서 매년 다른 선생님의 수호천사가 되어, 몰래 간식을 갖다 놓고 티 안 나게 도와주면서 행복했던 순간이 참 많았다. 학교를 옮겨 용인삼계고에서 만난 선생님들에게도 내가 느낀 진한 행복을 전파하고 싶었다. 그래서 3년간 혁신부장을 하면서 가장 공을 많이 들였다. 다행히 교장 · 교감 선생님이 적극적으로 도와주셔서 행정실 직원, 공익요원 등 모든 교직원과 함께 마니또를 하며 이야기꽃을 피웠고 동료애를 키울 수 있었다.

마니또의 흥행을 위해서는 사전 홍보에 신경을 많이 써야 한다. 첫해에는 교직원 회의에서 마니또 행사의 취지를 설명하기 전에 내가 창작한 모방 시를 먼저 낭송했다.

내가 그의 이름을 뽑기 주기 전에는

그는 다만

하나의 교직원에 지나지 않았다.

내가 그의 이름을 찾아보았을 때

그는 나에게로 와서

마니또가 되었다.

내가 그의 이름을 불러 준 것처럼

누가 오감을 자극하고

나의 배를 채워 다오.

그에게로 가서 나도

그의 마니또가 되고 싶다.

우리들은 모두

마니또가 되고 싶다.

너는 나에게 나는 너에게

잊혀지지 않는 작은 선물이 되고 싶다.

이어서 구체적인 방법을 설명했고, 혹시 사정이 있어 참여를 원하지 않는 분은 담당자인 혁신부장에게 메시지로 알려달라고 말씀드렸다. 모방 시까지 창작하며 새로운 것을 해보려는 내가 측은해 보였는지, 대부분 열심히 활동해 주셔서 정말 고마웠다.

교직원 회의를 마치고 나가면서 '나의 비밀 친구'를 뽑았다. 모든 교직원의 이름이 들어 있는 박스에서 한 명씩 운명의 상대를 뽑았는데 선생님들의 반응이 다채로워서 시작부터 정말 많이 웃었다. 마니또의 이름을 적힌 쪽지를 구석에서 펼쳐본 후 다시 접어서 삼키는 분도 있었다.

마니또 일정은 크게 부담이 가지 않도록 3주 동안, 1주일에 한 번씩만 보이지 않는 선행을 하기로 약속했다. 3주가 지나면 지필고사 오후 시간이나 아이들이 일찍 하교하는 날을 활용해서 '마니또 발표 및 선물 교환식'을 하면서 마무리했다.

다른 교무실에 가기 힘들다면 지나가는 학생에게 부탁해도 된다는 팁도 드렸다. 어떤 선생님의 아이디어로 그런 역할을 하는 학생을 '비둘기'라고 부르기도 했다. 그리고 자신의 메신저 대화명을 바꿔서 마니또와 소통하는 법도 알려드렸다. 비둘기를 통해 선물이 도착하면 '마니또님, 감사합니다. 아침 잘 챙겨먹을게요!'라고 인증하면서 감사한 마음을 전달할 수 있고, '마니또님, 언제 오세요? ㅜ.ㅜ 전 아무거나 잘 먹습니다.'라고 움직이지 않는 마니또를 압박할 수도 있다.

```
□ ■ 교무기획
    ■ 🙎 최      교사(중등)
    ■ 🙎 박      교사(중등) (국어 022)
    ■ 🙎 한      교사(중등)
    ■ 🙎 정     ·교사(중등) (한문 052)
    ■ 🙎 곽      1사(중등) (역사_047 / 마니또님 감사합니다! 아침 잘 챙겨먹을게요!^^)
    ■ 🙎 안      (089학년부,학생안전,교육과정,정보)
    ■ 🙎 김      (삼계고,088,학적계,마니또님 감사합니다.^^너무너무 행복합니다.^^)
□ ■ 교육연구
    ■ 🙎 송      교사(중등) (042 마니또님 다녀 가셨군요^^ 홍삼 감사해요, 힘!!!!!ㅋㅋ)
    ■ 🙎 염      교사(중등) (065 마니또님 덕분에 상큼해졌어요!!♡ 감사합니다!)
    ■ 🙎 정     ·교사(중등) (생물(025) 봄…. 마니또님을 바라 봅니다….)
    ■ 🙎 박      교사(중등) (마니또님 감사합니다^^ 감동이었습니다~)
□ ■ 혁신교육
    ■ 🙎 한      교사(중등) (마니또님, 미세먼지 좀 없애주세요!)
    ■ 🙎 김     ·교사(중등) (마니또님 빨간 장미 정말 감사해요^^)
    ■ 🙎 임      교사(중등) ((사회-015) 마니또님, 당이 떨어지고 있어요…단거 먹고 시퍼용…)
    ■ 🙎 손      교사(중등) (수학 073 마니또님 언제 오세요?ㅜㅜ 전 아무거나 잘 먹습니다.)
    ■ 🙎 이      (사서 105) (왕~ 이거 넘 푸짐한거 아녜요??? 마니또님, 넘감사요^^)
⊞ ■ 교육과정
⊞ ■ 학생안전교육
□ ■ 교육정보
    ■ 🙎 윤      교사(중등) (정보_046 (; 마니또님 고디바 정말 감사요:)
⊞ ■ 수리과학
⊞ ■ 예체능생활교육
⊞ ■ 진로상담
⊞ ■ 1학년
⊞ ■ 2학년
⊞ ■ 3학년
□ ■ 행정실
    ■ 🙎 김      행정실장 (003)
    ■ 🙎 유      (마니또님! 감사해요 ~~ ₊^^*)
    ■ 🙎 정      (마니또님♡ 달콤한 초콜릿까지~정말 감사해요^^)
    ■ 🙎 김      (006)
    ■ 🙎 문      (마니또님~ 감사해용**ㅎㅎ)
```

며칠 후에 "부장님, 제 마니또에게 어떤 선물을 할지 고민하느라 머리가 아파요. 그리고 옆자리 선생님은 간식을 자주 받는데 저한테는 비둘기가 오지 않네요."라며 슬픈 표정을 짓는 분도 있었다. 그래서 전체 메시지로 "자주 선물을 주지 못하는 내 마니또의 상황을 헤아려보고 이해하는 것도 마니또를 하는 이유 중의 하나예요."라고 적어 보냈다. 그래서인지 한 번이라도 마니또의 정성이 담긴 간식과 귀여운 엽서에 적힌 편지를 발견하면 다들 어린아이처럼 좋아했다.

활동 시기는 한 해를 마무리하는 의미로 12월에 해도 좋고, 아직 관계가 서먹서먹한 4월에 해도 좋다. 그래도 가장 감동적이었던 순간은 12월 24일 오후에 흥덕고에서 했던 '마니또 발표와 선물 교환식'이었다. 모두가 정신없이 바빴던 12월을 보내서인지, 다들 지친 표정으로 선물 하나씩을 들고 모였다. 교장 선생님부터 한 명씩 앞에 나와 소감을 말하고 자신의 마니또를 밝히면서 '만 원의 행복'이 담긴 선물을 주고받았다. 어떤 선생님이 미리 써온 편지를 낭독하고 마니또와 포옹할 때는 눈물이 나기도 했다. 조건 없이 호의를 베푸는 순수한 마음이 한 편의 시가 되어 모두의 마음을 데워주었다.

교사들이 서로 관심이 없고 각자의 공간에서 할 일만 하는 학교, 교사 사이에 갈등이 잦고 수업 공개 등의 협력 활동이 어려운 학교라면 교직원 마니또에 도전해 보라고 권하고 싶다. 특정 부서에서 추진하는 것이 부담스러우면 '마추위(마니또 추진위원회)'를 만들어서 여러 사람의 아이디어를 모아 학교 실정에 맞게 해도 좋고, 전체 교직원이 힘들다면 학년이나 부서별로 시작해도 괜찮다.

조직 구성, 시스템이 뼈대라면 협력과 소통의 조직 문화는 뼈대에 건강한 살이 돋을 수 있게 만들어 주는 따뜻한 피와 같은 것이다. 학교 문화를 생동감 있게 바꾸면서 일상의 즐거움을 서로 나눌 수 있는 마니또, 비밀 친구 게임은 분명 매력적인 활동이다.

다른 학교 가서도 잘 지내시길

민수쌤께.

쌤~! 1년 동안 저희 반 국어 가르쳐주시느라 고생 많으셨어요.

저도 쌤 말씀을 잘 들은 편이라고 할 수는 없어서 조금 찔리기는 하네요.

흥덕고등학교에 와서 수업을 하면서 '홍덕고'라는 이름을 가장 많이 들었던 게 바로 국어 수업이었던 것 같아요. 그만큼 쌤이 '흥덕고 선생님'이라는 프라이드가 강하시다는 뜻이겠죠?

근데 내년에 다른 학교에 가신다니요. 고등학교 들어오고 처음 만난 국어 쌤이어서 그런지, 가장 흥덕고스러운 쌤이어서 그런지는 몰라도 가신다고 하셔서 많이 아쉬웠어요.

솔직히 문법 파트는 재미도 없고 어려웠지만, 교과서 외에 쌤이 학습자료로 주셨던 시나 소설들은 재미있었거든요. 지금도 기억에 남는 게 '어머니의 물감상자'인데요. 물감을 파는 것뿐만 아니라 사람들에게 꿈을 팔았고 희망을 팔았다는 게 인상적이었던 것 같아요. 그리고 고된 일로 거칠어진 아버지의 두 손을 두꺼비로 비유했던 시도 생각나고, 참 불쌍한 인생을 살았던 백석 시인과 도토리묵에 인생을 빗대어 표현했던 '단단한 고요'도 떠오르네요.

그동안 이렇게 좋은 문학 작품을 찾아와서 재미있게 수업해주신 것 정말 감사합니다. 다른 학교 가서도 잘 지내세요.

1월

교사는 용기를 주는 사람

"선생님, 제가 지금까지도

생기부를 소중하게 간직하고

우울할 때마다 꺼내 보는 이유는요."

교사가 아니면 잘 모르는 생기부 기록의 진실

아이들이 1년 동안 배우며 성장한 이야기를 학생부에 기록하고 점검하다 보니 어느새 겨울방학이 코앞이다. 나는 최근에 담임을 맡지 않아서 교과 세특(교과별 세부 특기사항)과 동아리 활동, 진로 수업 기록을 하고 있다.

가장 중요하고 분량이 많은 것이 교과 세특이고 한 명당 1,500바이트, 약 600자를 적어줄 수 있다. 교과담임은 적어도 3~4개 학급의 수업에 들어가니까 학생 수를 100명으로 잡아도 6만 자를 적어야 한다. 200자 원고지 300장 분량이다. 물론 모든 학생을 1,500바이트 꽉 채워서 적어주는 것은 아니지만, '복사하기―붙여넣기'는 아무 의미가 없으니 창작의 고통이 크다.

모든 직장인이 연말이면 정신이 없겠지만, 교사는 생기부 기록과 점검이라는 산맥을 넘어가야 새해를 맞이할 수 있다. 특히 담임교사는 창의적 체험활동, 행동 특성 및 종합의견 등 몇 배로 적어줄 것이 많아서 12월에는 야근도 많이 하고 방학에 들어가도 학교에 나오거나 집에서 기록을 다듬고 마무리하느라 바쁘다.

방학 전에는 두세 번씩 전 교사가 모여서 서로의 기록을 교차 점검한다. 그래서 수업과 평가가 끝났다고, 방학이 그냥 오는 것이 아님을 신규 1년 차부터 깨달았다. 어떤 해에는 방학하는 날 오전에 아이들과 "안녕!" 해도, 오후에 도서관에 모여 마지막 교차 점검을 하기도 했다.

방학 전에 교과 세특 기록을 끝내고 싶지만 매년 어렵다. 한 명씩 활동 자료와 수업소감문 등을 꺼내놓고 보면서 쓱쓱 적어가면 쉬울 것 같지만, 경력이 쌓여도 속도가 빨라지지 않았다. 한 명 완성하는데 10분 정도 걸리고, 쓰다 보면 머리에 김이 나는 것 같아 연속해서 대여섯 명 이상 쓰기도 힘들다. 학기 중에 틈틈이 적어두면 좋겠지만, 그 정도로 여유가 있지 못하다. 그리고 모든 수업을 마쳐야 아이마다 강조하고 싶은 내용을 잘 간추려 적어줄 수 있어서 방학 직전까지 끌고 오게 된다.

예전에 용인삼계고 교장 선생님께서 학생부 기록에 관해 교직원 회의에서 말씀하신 내용이 기억난다. 학교생활에 적응하지 못한 고2 아이가 얼마 전에 자퇴했는데, 교장 선생님이 최종 결재를 하며 학생부를 꼼꼼하게 읽어 보셨다고 한다. 1학년 때부터 수업에 참여하지 못하고 출결도 좋지 않은 아이였는데, 거의 모든 선생님이 교과 세특에 '그래도 이 아이가 관심을 보인 것, 노력한 점'을 적어주어서 놀랐다고 하셨다. 우리 학교 선생님들이 힘든 상황에서도 아이들을 수업에 참여시키기 위해, 또 장점을 발견하고 칭찬해 주기 위해 애쓰는 모습을 확인할 수 있었다고 칭찬하셨다.

그리고 수시 전형으로 서울대에 합격한 아이의 학생부도 다시 보셨다고 한다. 1학년 때부터 3학년까지 학생부의 모든 영역에서 그 아이가 어떤 꿈을 가지고 어떤 점을 보완하며 도전하고 성장했는지, 정말 눈에 보이듯이 꼼꼼하게 기록되어 있었다고 하면서 교사들에게 감사한 마음을 다시 표현하셨다.

나는 자퇴한 아이의 학생부 기록이 더 가치 있다고 생각한다. 그 아이가 학교를 떠나면서, 아니 몇 년 후라도 자신의 학생부에 적혀 있는 기록을 보며 선생님들의 마음을 조금이라도 알게 된다면 기쁠 것 같다. 자퇴를 결정한 아이의 생기부를 입력하기 위해 선생님들은 수행평가 결과물을 뒤졌을 것이다. 배움의 흔적을 찾아서 몇 줄이라도 제대로 적어주기 위해 고심했을 것이다. '네가 쓴 한 줄의 글, 네가 그리다 만 그림, 사소한 질문과 머뭇거렸던 발표도 정말 소중한 것이야. 너도 선생님에게 똑같이 고맙고 소중한 학생이야.'라는 마음으로….

교과 세특은 아이들이 읽고 용기를 내라고 쓰는 것

내가 블로그에 올린 자퇴한 학생의 교과 세특 기록에 관한 글을 읽고, 2016년에 홍덕고를 졸업한 학생 한 명이 고맙게도 긴 댓글을 달아주었다. 졸업한 지 5년이 넘었는데도 내가 입력해 준 내용을 인용하면서 이렇게 적었다.

"지금까지도 생기부를 소중하게 간직하고 우울할 때마다 꺼내 보는 이유는 제게 힘이 되는 말들은 다 여기 써 있거든요. 저의 성취보다 성장을 발견해주신 쌤들의 따뜻한 시선이 담겨 있고요, 거짓말은 하나도 없어요."

20대 중반이 되었을 그 아이에게 선생님들이 적어준 생기부 기록이 위로가 되고 힘을 준다니, 정말 기뻤다. '생기부는 대학보다, 아이들이 읽고 용기를 내라고 쓰는 것'임을 다시 확인할 수 있었다.

그리고 동료 선생님을 통해 알게 된 서울대 합격생의 생기부 기록을 볼 수 있는 웹진에도 들어가 봤다. 참여 마당의 〈나도 입학사정관〉이란 코너에 학생 3명의 사례를 읽고 A, B, C로 평가해 보는 내용이 흥미로웠다. 한 명씩 출신 고교, 내신 성적, 생기부 기록, 자기소개서 등의 일부가 소개되어 있었다.

아마도 서울대생이 되었을 아이들의 교과 세특을 쭉 읽어 보니 한 명 한 명 학생의 모습도 보이지만, 그 아이를 지도한 선생님들의 모습과 학교의 수업 문화도 겹쳐 보였다. 그런데 아이들이야 다 우수하고 훌륭하지만, 서울대 생활이 힘들고 지칠 때 다시 생기부를 꺼내 읽어 보며 용기를 얻을 수 있는 '그 아이만의 특별한' 교과 세특은 많지 않아서 아쉬웠다.

학생이 아니라 교사 주도의 수업과 소수 학생의 개인 탐구 활동을 주로 하는 학교에서는, 교과 세특 문장의 서술어도 다 비슷했다. '~을 발표함. ~ 내용이 참신함. ~을 명확히 제시함' 등이었다. 특히 '메밀꽃 필 무렵(이효석)'을 읽고 ~을 근거로 제시하여 팀을 우승으로 이끌고 토론왕으로 선정됨'이란 기록을 보니 조금 쓸쓸하기도 했다. '토론의 왕이 되기 위해 소설을 읽는 것이 아닌데…' 하는 조금 삐딱한 생각도 해보았다.

'조별 학습 시간에 노력하지 않고 결과만을 기대하는 학생들에게는 쓴 소리하는 단호한 모습을 가끔 보여주기도 함.'이라는 다른 학생의 기록에도 시선이 멈췄다. '쓴소리해야 하는 것은 학생이 아니라 교사가 아닌가, 아니 그전에 무임승차를 하지 않도록 조별 활동을 잘 구성해야 하지 않을까?' 하는 생각이 의식의 흐름을 쫓아 튀어나왔다.

나중에 학생이 읽어 보면서 흐뭇해하고 마음이 따뜻해질 수 있는 기록도 간혹 보였다. '영어 모둠 수업에서 ~ 평소의 조용하고 침착한 모습과는 달리 열정적인 팝스타의 역할을 수행함.'이란 기록은 두 마리 토끼를 다 잡는 훌륭한 표현이다. 당사자도 '내가 그랬나?' 하며 식었던 열정이 다시 살아날 수 있기 때문이다.

또 다른 학생의 기록에서는 '~ 생동감 있는 연기와 정확한 발음으로 교우들의 웃음을 자아내며 찬사를 받음.'이란 표현도 눈에 띄었다. '서울대에 가서도 친구들에게 웃음을 주며 찬사를 받고 있을까?' 하는 쓸데없는 걱정을 하면서도 혹시라도 이 학생이 힘들고 지칠 때 용기를 줄 수 있는 선생님의 이 한마디가 참 좋았다. 그래서 대학도 인정하지만, 나중에 아이들이 더 좋아할 기록을 위해 '사서 고생'을 조금 더 하고 싶어졌다.

교사에게 방학은 자기 뇌에 씨앗을 심는 시기

겨울방학 첫날, 집에 있는 책상에 앉아 어제까지 학교에서 못다 한 생기부 기록 점검을 두 시간 넘게 하니 머리가 아파서 TV를 켰다. 〈집사부일체〉에 스승으로 나온 배상민 디자이너의 이야기를 듣다 보니 나도 모르게 빠져들었다. 나에게 영감을 주는 말들이 많았다.

이승기: 디자이너는 계속 아이디어를 내야 하는 직업인데 어떤 방법이나 스킬이 있나요?

배상민: 그게 제일 힘든 건데, 사람 피 말리는 거죠. … 직관이 뛰어난 사람들은 100% 메모해요. 적어 놓고 기억해요. 그게 자기 뇌에다 씨앗을 심어 놓는 거예요. 그러면 내가 다른 생활을 하고 생각하지 않아도, 이 뇌가 무서운 게 계속 혼자서 생각하고 있어요. 씨앗만 뿌려놓으면 알아서 자랍니다.

" 그게 자기 뇌에 *Planting*
씨앗을 심어놓는 거예요!"

SBS

그렇게 뇌에 수많은 씨앗을 뿌려놓고 있다가, 어떤 고객이 무엇을 요구하면 그것과 연결되는 씨앗이 이미 있어서 아이디어로 싹을 틔우고 줄기로 자라나 구체적인 결과물을 생산할 수 있다는 비법이었다.

'순간적으로 떠오른 아이디어를 메모해라!' 이것 자체는 식상한 비법이지만, 나는 배상민 씨의 화법에서 수업 아이디어의 씨앗을 얻었다. 쉬운 내용을 어렵게 전달하는 사람은 매력이 없지만, 심오한 내용을 쉽고 재미있게 전달하면 어디서든 환영받는 사람이 된다.

메모를 뇌에 씨앗을 심는 것으로 비유하기 전에 꺼냈던 이야기도 멋졌다. 아이디어를 떠올리는 비법에 관한 질문을 받고 "백발백중 명사수 이야기를 들려줄게요."라고 하자마자 옆에 있던 김동현은 "벌써 재밌다."라고 하면서 턱을 괴고 경청할 준비를 했다.

"쏠 때마다 과녁 한가운데 10점만 맞힌다는 명사수의 비결이 뭘까요?" 하면서 궁금증을 유발하는 말솜씨가 기가 막혔다. 마을 사람들이 찾아가서 명사수가 뭘 하나 봤더니, 아무것도 없는 빈 종이에 총을 빵빵빵 쏴서 구멍을 뚫어놓고는 펜을 들고 가서 구멍 주위에 동그라미를 그리고 있더란다. 그러니까 항상 10점 만점을 쏜 과녁이 탄생한다는 것이다.

평상시에 수많은 구멍을 만들어 놓고 있다가 어떤 요구에 맞춰서 과녁만 새로 그리면 백발백중 명사수가 된다는 의미였다. 이 구멍이 바로 뇌에 심는 씨앗과 연결되어 더 멋진 이야기로 발전했다. 화법을 디자인하는 능력도 탁월한 분이다.

내가 방학 첫날 〈집사부일체〉를 다시 보며 화법 수업에 활용할 수 있는 좋은 사례를 얻었듯이, 다른 선생님들도 다음 학기에 아이들 앞에 풀어놓을 참신한 수업 디자인을 자신도 모르게 여기저기에서 하고 있을 것이다. 자기 과목의 전문가인 선생님들은 똑같은 곳에 여행을 가도, 모두 다른 것을 보고 배운다. 같은 건물을 봐도 수학 교사는 도형을 떠올리고, 역사 교사는 세월의 흔적을 찾고, 영어 교사는 영어로 적힌 안내문에 시선이 꽂힌다. 교사의 오감은 자동으로 수업을 향해 움직인다.

교사에게 방학이 어떤 의미인지를 이해해 주는 분도 많지만, 놀면서 월급 받는다고 상처 주는 분도 있다. 다른 전문가의 휴가도 비슷하겠지만, 교사가 방학 때 여기저기서 '노는 것'도 교실이나 교과서가 아닌 다른 곳에 구멍을 뚫고 씨앗을 뿌리는 일임을 알아주면 좋겠다.

내가 학교에서 생긴 일이나 문화생활을 블로그에 기록하는 것도 나에게는 구멍을 뚫는 사격이고 씨앗을 뿌리는 파종이다. 겨울방학이 지나고 새봄이 오면 아이들에게 더 멋진 이야기를 들려주기 위해, 아이들이 저절로 턱을 괴고 몰입하기 시작하는 수업을 위해, 잠시 학교 밖에서 잘 놀다 오겠다.

닫는 글

아주 어릴 때부터 가장 좋아하는 색깔은 연두였다.

한지에서 번져나가는 물감처럼 어린 시절 동네 뒷동산을 적시던 봄날의 연둣빛을 보면 가슴이 콩닥콩닥 뛰었다.

3월이 되면 연둣빛 이불을 덮고 산등성이 바위에 누워 놀기도 했다.

교사가 되고 나서 1년이란 긴 세월이 한 학년이라는 짧은 시간으로 변해 가던 어느 날, 학교 2층 교무실 창문까지 올라온 연둣빛 잎사귀가 수줍게 손을 흔들고 있는 것을 보았다.

봄의 아름다움을 잊고 살던 나는 다시 마음이 설레었다.

무채색 나무에서 새롭게 돋아난 연둣빛은 매해 3월이면 교실에 앉아 나를 기다리고 있는 아이들을 닮았다.

올해도 교실 여기저기 활짝 피어난 '연두, 연두, 연두들'

나는 연두가 좋아 교사가 되었나 보다.

교사로 살아가는 한 학기, 한 학년이 힘들 때도 많지만

모든 아이가 품고 있는 연둣빛 싱그러움을 가까이서 볼 수 있는 교사

의 하루가 좋다.

"너는 어떤 색깔을 좋아하니? 어떤 사람이 되고 싶니?"

연둣빛 아이들에게 마구마구 물어보고 싶다.

어제는 그렇게 내 속을 긁어 놓고는, 오늘 아침에 "선생님! 어제는 죄송했어요. 앞으로 더 열심히 하겠습니다." 하고 철없이 웃는 아이를 보면 속절없는 행복이 터져 나온다.

"그래, 한 번 더 믿어 볼게." 하면서 내 마음의 한 자락을 내주는 그런 순간은 내가 나에게 주는 선물이고, 마음만 먹으면 매 순간 받을 수 있어서 좋다.

쉽게 지치고 자주 외로운 교사의 길이지만, 어김없이 찾아오는 3월과 새로운 아이들을 기다리며 누가 물어보지 않더라도 "이번 생은 교사라서 행복했어요."라고 말하고 싶다.